Botho Strauß

Der Fortführer

Rowohlt

Und der Schatten des Baums wird
für den Sohn dasein.

Antoine de Saint-Exupéry,
«Die Stadt in der Wüste»

Zwischen Jetzt und Nu

Nime ich ein stücke von der zît,
sô enist ez weder der tac hiute
noch der tac gester.
Nime ich aber nû, daz begrìfet
in im alle zît.

Meister Eckhart

Eins

Eines Tages heißt es sich bücken auf der
Rolltreppe nach der Münze, die auf die ruhende
Schuhspitze fiel. Sowie, auf der Parkebene
angekommen, sich auf dem Absatz herumdrehen,
abrupte Wendung eines beschatteten Mannes,
der seinen Verfolger plötzlich und für diesen
so unerwartet, als träfe ihn ein Faustschlag ins
Gesicht, zur Rede stellt.

Es steckt in der Sprache etwas, das drückt und
drängt. Etwas, das sie buchtet und beult, weil es
hinauswill wie ein gefangenes Tier. Für immer
entkommen. Ist es etwa das Zusammengepferchte
von Unding, Abgrund, Numen und Werg, das
in Gestalt eines Wühlers durch unsere Sprache
buckelt und findet den Ausgang nicht mehr?

Männer, Frauen haben: «Nichtswürdiger!» mir
zugerufen, mir, einem birnengelben Lindenblatt!
Kreiselnd unter Schmährufen, tanzt' ich, schaukelte
herab, solange der Herbst den Atem anhielt.

Blutbuche, die hohe, sie wartet wie vormals die Maid, die keiner auffordert zum Tanz, in sich ihn vortanzend, sich einwiegend; ihr glockenförmiger Saum streift über den Boden. Doch fehlt es an Schleppe, um den Kehraus zu schwofen.

Nur weil du keine Wolken verschieben kannst,
willst du Mäuse zählen?

Der Lapsus spricht: Ich bin ein Wesen des Entgleitens, ich entgleite, das ist meine einzige Beweglichkeit. Wie ein Gedanke dem zerstreuten Denker, wie ein Teller morgens müden Händen und wie das Verstehen selbst, das in ein Versehen schwindet, wie's denn die meisten brauchen, um sich zu verlieben. So entgleite ich Zug um Zug auch dir, wenn du mich umklammerst und gewaltsam richtig stellst.

«Mihi» findet sich in alten Exlibris. Mir gehört's. Mihi ist auch des anderen Gesicht: mir gegenüber, mir zugewandt, es wird mir gezeigt. Es gilt mir, ja es besteht nur aus Mir, mir gehört's und ist nicht das meine. Mihi. Nicht-Meins.

Der Erblindete, der über die Stirn der wiedergefundenen Geliebten tastet, wozu sie ihre Züge angestrengt strafft, die Augen träumend schließt, die Lippen ein wenig aufwirft – in der Hoffnung, er fände ihr Gesicht aus alten Tagen wieder.

Die einer den anderen in der Ferne sahen,
sprachen später in der Nähe, einander gegenüber,
nur von den «Glücklichen», die sich in der Ferne
sahen und nicht identifizieren konnten.

Ich habe nicht den Eindruck, daß den Empfehlungen, die uns die Eiche zuflüstert, der Hauch ausgegangen wäre.

Er bezahlt ihn und zahlt noch eins drauf.
Und noch eins. Der Hausherr gewährt seinem
Hausmeister ein fließendes Zahlen. Er vergibt,
weil für ihn nichts mehr seinen Preis hat.
Alles hat seinen Preis an den Sinn verloren.
Ohne Sonne wäre Gold wertlos. Das Symbol
bestimmt seinen Wert, Vorkommen und Börse
seinen Preis.

Rücken an Rücken schlafen mit einem Rappen,
schwarz wie die Nacht.
Den Traum über die Schwelle des Tags
balancieren wie eine zerfließende Vase.

Was bedeutet es, bei der Rückkehr zum Haus die
eigenen Schritte im Schnee mit der Schuhspitze
heimwärts gerichtet zu finden? Man muß wohl
rücklings ausgegangen sein.

Ein Zimmer Licht, unverwüstliches,
Rückstand der «unendlichen Räume»
nach ihrem Insichgehen.

Wenn alle Türen offenstehen, werden die
göttlichen Gesichtszüge des Herdsassen
von den göttlichen Gesichtszügen des Diebs
nicht zu unterscheiden sein.

Frühmorgens beim Blick in den Spiegel sagte er:
«Ach du bist es, Mutter!» Der Übernächtigte
verschwand in seiner Ahnin Ähnlichkeit.

Einen Tag, an dem alles so geht, wie es immer ging, der gleichwohl wie der warnäugige Schmetterling schaukelt im unerfüllten Herbst, den binde dir wie den Flügel des Hermes an die Ferse.

Immer mehr gutaussehende Männer werden in Dinge verbannt. Da rollten zwei Fahrräder unbesetzt über den Uferdamm, und in den Speichen erschienen bei heftiger Drehung die Veloplasmen zweier philosophischer Freunde, zweier ausgesprochener Beaus, die sich über «Die Apotheose der Bodenlosigkeit» von Schestow unterhielten.

Ist nicht alles wie nie?

Unter Leuten auf engstem Raum, in unruhiger, zerstreuter Gemeinschaft, wo sich dies und das ebenso schnell noch sagen ließ, wie es langanhaltenden Schaden verursachte. Wo sich dies und das ebenso schnell hervortat, wie es wieder abtauchte. Wo man dies und das nochmals zu verkasematuckeln hatte. Nochmals vertilgen, verschlingen, erläutern, erklärt bekommen mußte. Wieviel Einbußen, Zurückweisungen, vergebliche

Annäherung auf nur einem Quadratmeter!
Die menschliche Bewegungsfreiheit beschränkte sich auf ein rastloses Auf-und-ab-Trippeln im engen Pulk. Läufer, die sich aus dem Vogelnetz ihrer Zurufe nicht mehr befreien konnten, stießen ganz unwillkürlich Auskünfte in die Luft hinaus, ohne daß sie jemand Bestimmtem gegolten hätten. Ihre Verlautbarungen rührten ausschließlich von einem Sich-Lösen der Zunge beim Gehen.
Der Geist, einmal unter dem Vogelnetz der Zurufe gefangen, blieb erst ein wenig unschlüssig, war dann aber vorschnell bei der Sache.
So jemand im Eifer den Faden verlor, hing dieser ihm als ein loses Ende aus dem Mund und konnte ebensogut der Anfang einer Zündschnur sein, die nach kurzem Brand die Sprengung der Zunge auslöste.

Um sein Lückenbüßerdasein zu rechtfertigen, ergänzt man eines Früheren fallen gelassenen Gedanken hier, eines Zeitgenossen kopflos begonnenen dort. Mehr Raumfüllung bleibt einem letztlich nicht.

Die Ansprache des Unbekannten Führers erfolgte von einem Fenster der Schloßfassade bei herabgelassenem Rollo, das im unteren Teil ein wenig abstand, ein wenig aufgekippt war, so daß

man allein die Hände des Unbekannten Führers auf Fensterrahmen und Sohlbank sehen konnte. Seine Hände sollten für sich sprechen. Im Grunde warb er beim Volk um Vertrauen nur in seine Hände. Dabei sprach er zu der Versammlung mit leiser Stimme über hauchecht verstärkende Lautsprecher und zeigte sich nicht.
Nach drei Jahren unbeschränkter Herrschaft stand der Volksredner abermals am selben, jedoch nun offenen Fenster und sprach ohne Verstärker zum Volk auf dem Hofplatz. Da sauste plötzlich der Rolladen herunter, und unerwünscht sperrte er ihn ab von seinem Publikum. Der Rolladen, der zuvor den Unbekannten Führer mit Absicht verdeckte, schlug nun dem sattsam Bekannten auf die Gelenkknochen. Doch die Hände drängten sich vor und setzten mit ungeschicktem Ausdruck die Rede fort.

Und das ist Ihr Reisekoffer?
Nicht unbedingt. Eher ein Zimmerkoffer.
Ein ausgesprochener Stubenhocker.
Aber er reist mit Ihnen?
Ungern. Man muß ihn zur Tür schubsen.
Gegen das Reisen sträubt er sich?
Gewiß. Weil er sich eben zweckentfremdet fühlt.
Sie meinen: nicht standesgemäß behandelt?
Sehr richtig. Seinem Stand entspricht das Stehen.

Ist man ein Mundtuch, so kann man lose gerollt und selbstzufrieden in einem Serviettenring stecken. Man kann aber auch nach der Mahlzeit halb zerknüllt und verwahrlost auf dem Tischtuch liegenbleiben. Am ehesten aber wird man von der Hand eines verbiestert debattierenden Menschen in einem grausamen, serviettenverächtlichen Nebenbei Falte um Falte zusammengelegt, wird glattgestrichen, wieder und wieder, bis man nur noch aus einem einzigen scharfen Knick besteht.

Ein Künstler trug vom baren *Eindruck*, den ein altes Meisterwerk auf ihn machte, eine so tiefe Delle davon, daß er, an Leib und Seele gemuldet, buchstäblich eine menschliche Bucht geworden war. Nie wieder würde er die Brust vorwölben oder sich gar in die Brust werfen können.

Geh! Geh endlich weg! Ein Mann sucht einen zweiten daran zu hindern, die Bühne zu betreten. *Verschwinde! ...*
Das ist das ganze Drama. Der eine will hinaus auf die Bühne, der andere, draußen allein auf weiter Bühne, sucht ihn zu verscheuchen, jagt ihn zurück vor den Auftritt.
Ich will gar nicht reden, sagt der Abgedrängte, ich will nur ein einziges Mal platzgreifend da draußen sein!

Aber Menschen! Menschen sind keine Kleiderpuppen! Menschen sterben, man soll ihnen nicht dauernd dazwischenreden. Der Quell all ihres Begreifens ist der unbegreifliche Tod. Das ist es ja! Daher das gute Zureden. Sie bewegen sich unablässig in einem Halbrund von Halbheiten, Halbwahrheiten, halben Sachen und halben Stunden.

Was immer Sie festigt, woran immer Sie glauben mögen – glauben Sie einmal zwei Stunden lang nicht daran.

Es folgen Sätze, die jede Aussage verweigern. Wie der Beschuldigte, der vor Gericht sich nicht selbst belasten will. Für die Sätze, die folgen, heißt das im Vergleich: Sie wollen nicht in den Verdacht geraten, Beziehungen zu Erzählkartellen zu unterhalten.

Zwei

Das alte Wissen: das Alte wissen.

Unbestechliche Empfindung für die Vergangenheit alles Seienden.
Abgewandelter Gorgias von Leontinoi. Er lehrte, daß Seiendes nicht ist; selbst wenn es wäre, vermöge der Mensch es nicht zu erkennen; aber selbst wenn er es erkennte, wär's für ihn nicht auszusprechen und mitzuteilen.
Demnach lautet die neue Lehre:
Nichts ist. Alles war. Und so, wie's war, kann's keiner fassen. Und selbst wenn er's von fern noch empfände, wär's ihm nicht aussprechbar.

Nie werden wir's fassen können, das wilde Land, in dem wir *einst* waren, von dem nur der Schmerz noch weiß. Indem er aufbegehrt, erfahren wir allein durch ihn von der frühen Zeit – von einem jedes Jetzt durchbohrenden Einst.

Schönheit – promesse du passé. Ich sehe dich an/
du kommst mir in den Sinn – das ist eins.

Niemand lebt *jetzt*, jeder versteht oder miß-
versteht, was *gegen* – ihn – *wärtig* geschieht,
stets aus bereits Erlebtem und erfahrungsgemäß.
Nach dem Rezept einer bestandenen Gegenwart.

Das plötzliche Stehenbleiben als Austragungsort
erbitterter Flügelkämpfe eines Mannes, der
mit sich geteilter Meinung ist. Der nächtliche
Alptraum als Ritterschlag, der den bis dahin
Furchtlosen in den Adelsstand ewigen Grauens
erhebt. Das Zittern am ganzen Leib, die Hände
flach auf die Ohren gepreßt bei abstehenden
Ellenbogen, mit beiden Füßen auf die Erde
trommelnd, weil es nicht auszuhalten ist.

Auf einem nassen Weg fiel er in den Matsch –
an derselben Stelle wie sein kleiner Sohn vor vielen,
vielen Jahren. Ein Junge aus dem Nachbarhaus kam
gerannt und sah verwundert auf den alten Mann
im Matsch, der sich nicht mehr rührte in seiner
sohnesgleichen Lage.
So verursacht sich alles um. Man gräbt sich in den

Weg, auf dem man einst sein Mannesalter von einem Kind empfing.
Auch ein guter Denker ist in seinem Höhenflug nicht, was er als Kriechender sein könnte.

Grille und Geist – beide reglos vor dem jähen Sprung. Ungewiß, wer zuerst ihn tut.

Plötzlich ist die Summe der Stille, das Meiste seiner Tage, aus ihm hervorgetreten: Wenn sich der Mund öffnet, quillt eine graue Aster hervor. Aus langer Verschlossenheit geht ihm eine faustgroße Blüte auf genau dort, wo Mund und Stimme waren. Die Sonne, die Weide, die Hecke, Liguster, Ahorn und Fuchs, all das Erbauliche nennt er noch dumpf mit blumenerstickter Stimme. Ach! Er kann nicht mehr durch die Blume sprechen! Die Vögel, das Licht, die vergnügten Wenden der Wege, er hält sie zu nennen vorsorglich bereit hinter dem Blütenknebel.

Wer ist vorübergegangen? Wir oder an uns ein Leben? Fahren wir, oder fährt der Zug auf dem anderen Gleis?

Zuweilen stockt die Stunde, und man denkt,
sieh an: ein Jetzt!

Auf dem Heimweg einige Fundstücke aus den
Tagen des Aufbruchs ... Sei gegrüßt, Vergessenes.
Erhebe dich, Liegengebliebenes!

Der Platz auf dem Brunnenrand, den ein Mann so
lange bewahrt, bis sein Bild im Wasser versunken ist.

Hörst du es? Ein Tor nach dem anderen fällt
ins Schloß. Wie grausam! Bald ist alles Innen zu.
Das Innen weltweit zugesperrt.

Das nicht mehr vorsagende, den Klippschüler der
Tagvernunft nicht spicken lassende Träumen.

Das unheilvolle Licht streift als ein
Suchscheinwerfer über die Erde. Ohne
Unterschied treffen das schlimme Versehen,
der sengende Zufall die dafür Auserwählten.
Doch viele sind auf Reisen, sind überall –
aber auch dort trifft sie das umstoßende Licht.

Im Sturz aller fühlen sich alle geborgen. Denn *alle*, das ist ein Nest und ein Netz.

Es sind die unzureichend gedeckten ebenso wie die längst abgeräumten Tische, an die sich die Gäste setzen oder an denen sie sitzen bleiben – so oder so im Nacken das kalte Grausen. Am Ende will niemand mehr aufstehen, obgleich die Teller alle leer gegessen sind und kein letzter Gang mehr folgen wird.

Der Wächter liebt den Bewachten. Liebt er aber auch den Gefangenen? Daß du gefangen bist, ist nichts. Aber daß *ich dich* bewache, ist alles.

Und schließlich erlebte man den großen Rückzug der Displays. Die Bildschirmdämmerung begann. Von allen Zeigeflächen weltweit und zugleich schwand der helle Schein, niemand besaß Auge genug, das schattenhaft noch Angezeigte eindeutig zu entziffern. Jedes Mittel einer technischen Verstärkung versagte. Und das schwache Leuchten der Displays zog in seine Schwäche hinüber das helle Auge.

Studio 304. Leere Wand mit zwei Stühlen. Über dem einen der Schriftzug mit Filzstift *Talk and dissolve*. Reden – verschwinden. Über dem anderen der Schriftzug *Views. Sichtbare Ansichten*. Der Gast auf dem ersten Stuhl redete heftig, und darunter verdämmerte seine Person; sie blaßte, und seine Umrisse lösten sich auf. Der Gast auf dem zweiten Stuhl schwieg, bis alle seine Ansichten auf einmal aus ihm hervorbrachen, gekerbt auf eine meterlange Zunge.

Menschen, die zu allem ein gesundes Urteil haben, ahnen gar nicht, wie ein Urteil beschaffen sein muß, um Bestand zu haben: daß es nämlich zuerst unter Zähneklappern, zitternd und fiebernd durch den Eiswald der Sachverhalte irren muß, um zu sich zu finden.

Ich bin – das heißt, ich überlebe in einer Luftblase wie der Bergmann in der gefluteten Grube.

Während ihre Fingerspitzen den Ärmel des Begleiters berührten, vielleicht um im letzten Moment noch festen Halt zu fassen, begann ihr Leib am Rand der Kluft sich zu winden und sich dem tobenden Abgrund zu prostituieren. Es war geradezu, als hätte das Psalmwort sie angestiftet: Abyssus abyssum invocat. Es ruft ja Abgrund nach Abgrund. Dazu packte sie den Arm ihres Begleiters und zog ihn zur äußersten Kante: «Sieh mit mir in den gierigen Schlund ... Dort ganz unten! Sieh nur ... ihn schäumen vor Lust!»

Sein Tasten an allen Dingen, das sichernde, zwanghafte Bedürfnis, beständig etwas Geformtes, Gebogenes, Geprägtes zu berühren, hatte ihn mehr Unterschiede an den Oberflächen gelehrt, als sie das Auge je entdeckt hätte. Und darunter entstand von seinen nimmermüden Fingern, die dem Blinden nachzueifern schienen, mit der Zeit ein gleichmäßiges Dunkel in ihm, das ihm weder angeboren noch vom Unfall zugefügt worden war; allein sein weltfahrendes Tasten hatte es erzeugt.

—

Morgens über die Piazza schleppen sich Frauen, es sind gehende Türen. Es sind die *Portam-portare-*Frauen, so ihr neumythischer und ihr uralter Name. Die Gefangenen der Schwelle, sie bleiben Tag und Nacht in ihre Türrahmen gestreckt und eingesperrt. Die Schwelle liegt ihnen wie der Pflock, wie ein Jochbalken schließt die Schwelle

um ihre Fußknöchel. Gegen den oberen
Rahmen stemmen sie die gebundenen Hände,
wie Karyatiden tragen den Architrav.
Was für ein Leben, das Leben als gehende Tür!
Und das waren einmal die Unterdrückerinnen
aller Unterdrücker.

Drei

Was in der Nacht ans Herz greift, ist immer die lange Zeit selbst. Das *war*!
Das Natürlichste von der Welt. Eine Kindheit endet, eine Ehe zerbricht, ein Zeitalter vergeht. Das Natürlichste von der Welt. Alles übrige: politics, Zutaten, Beschäftigungen ... Dazu die derben Späße. Abschied ist die natürlichste Erfahrung des Menschen. Wo sie nicht tief genug reicht, fehlen die Wunden und die Fragen.
Man fühlt weniger, was in der Stunde, an die man sich erinnert, geschah, man fühlt zuvörderst und über allem *longue durée.* Das Medium des Berührtseins ist immer die Frage: Wie lang ist das jetzt her? Die unbeantwortbare. Die gefangennehmende Empfindung, ihrem Wesen nach unausgegoren, ungeteilt, unbenannt, bevor sie dann nach und nach Orte und Strecken abbildet. So viel Zeit! Welche Masse! In dir. Wenn die ein physisches Gewicht hätte ... wie steil würdest du niedersausen augenblicklich!

Menschen, gezwungen, sich eines nie geübten Wortlauts zu bedienen. Sobald sie der Sprache ihres Milieus, ihres Lebensgefühls, ihrer

Medien beraubt sind, wenn alle gemeinsamen Zungenschläge zerschlagen sind, dann sie sprechen hören.

Der blaue Brief, den der Nichtversetzte ungeöffnet gegen das Licht hält. Glitzer eines Libellenflügels über dem Wasser, blauer Puls an eines alten Mannes dünner Schläfe. Ulanenblau: der Himmel in Uniform.

Man rennt im Leben durch tausend Zimmer, wie ein Zerstreuter sucht man nach seinen sieben Sachen, die irgendwo und irgendwann mal liegenblieben. Man quert nur ungeräumte Räume, darin versprengt die Wäsche früh geflohener Frauen. Das ganze Hiersein, so gesehen und insgesamt: ein Musterzimmer der Vergeßlichkeit.

Man führt das Gespräch mit einem anderen Menschen im Licht eines Gesehenwerdens, von dem man nicht die geringste Vorstellung besitzt. Doch es genügt, daß des anderen Blick nicht unstet wird, sondern an einem festhält.

Ich habe nie mitten im Leben gestanden.
Wo mag das sein?

Der heftige Mitmensch – wie leidet er, wie verkümmert er darunter, daß ihn niemand mehr ansieht! Es gibt nur noch gesenkte Blicke – wie früher nur die Scham oder die Artigkeit sie senkten. Jetzt völlig schamfrei, nicht einmal aus Verlegenheit, sind nach unten gerichtet die Augen auf Tablet oder Smartphone. In jeder U-Bahn bin ich der einzige, der um sich blickt. Der Grundnerv des Aufmerkens, der primitiven menschlichen Neugier gegenüber dem Begegnenden, ein Rest von Gefahreninstinkt, scheint nun betäubt oder schon abgestorben. Blickes Tod. Allein das Lächeln erhält sich hier und da. Es gilt bei gesenktem Kopf der Nachricht auf totem Display.
Gesichtsraub allenthalben, Abbau einer Verheißung zwischen Auge und Lippe. Dafür die vielen nervösen Züge einer Erregung, die unausgegorenen Ideen, die bizarren Aneignungen öffentlicher Angelegenheiten, die die letzten Spuren vom Antlitz erwachsener Kinder tilgen.

«Ich bringe nichts Neues!» Mit diesen Worten zog Freund P. hinüber in die Neue Welt. Es war sein steter Gruß in Amerika. Wie man im alten Japan

einst grüßte: Alles möge bleiben, wie es ist.
Dasselbe *Gestell* schildförmig erhobener Hände
dient zum Dank, zur Anrufung, zum Flehen,
zur Unheilsabwehr, zum Sichergeben.

Er dachte, es sei nicht klug, zu vergehen, ohne
sich über die Grundzüge von Vergänglichkeit
aus Metaphysik und Geschichte «ausführlich zu
informieren», wie vor einer Urlaubsreise.
Wie oft bleibt man doch unter dem Niveau seiner
gezählten Stunden!

Gegen den Tod, der kommt, steht auf, was war.
Denk die Tage noch einmal, denk die Worte
wieder und wieder – viele, viele Male!
Als ob jeder Tag des Vergehens einen Tag des
Werdens, einen Damals-Tag zum einzigen Inhalt
hätte! Partner-Tage, wie es Partner-Städte gibt.

Ein Mann liegt mit ausgestreckten Armen im
Korn unter der Feldlerche,
die ihn mit singenden Strängen an die Erde schnürt.

Da! Damals.

Was bleibt mir, als *dort* zu sein?
Wenn ich riefe: «Seht, ich bin da!» –
eine Salve Scharfschützengelächter
würde mich niederstrecken.

Wie oft im Leben war man aufs neue der Junge, der nicht mitspielen darf! Wieder einmal von hinten geschubst, auf daß er sich über die Linie trolle, vom Platz mache, verschwinde. Und wie er nun stolpert nach dem unsanften Stoß, nach dem Geknufftwerden, störrisch, bockig-gekränkt abgeht, doch schon nach wenigen Stolperschritten sich wieder faßt und, scheinbar vergessend, die Hände in den Taschen, in gelöstes Schlendern zurückfindet, zu elastischem Schritt, als wäre nichts gewesen, wenngleich der Kopf auf die Brust gesenkt bleibt. Wie oft wiederholt sich dies Abgehen des Fügsamen ohne Protest, ohne Wehr! Gegen den Knuff, den Anstoß lediglich den Widerstand der eigenen Körperträgheit setzend.

Und manche sagen, daß wir auftauchen aus
einem Meer von Geschichten, in dem wir
wieder untergehen werden. Doch fällt auf, daß
mehr und mehr zum Vorschein kommt, auf der
Stirn in Erscheinung tritt und abläuft wie ein
Nachrichtenband auf dem Bildschirm. Und vieles
im Mund ohne Verstehen verlautet wird:
was einst alle wußten. Die Geformten aus

Deponie. Und ihr Begreifenwollen gleicht dem Feuerhunger einer unentflammbaren Seele.

Zeitliche Partikel, instabil, submomentan, zwischen Ahnung und Erinnerung immerzu die Ladung wechselnd, *positiv/negativ.* Ein Versuch nur, sich voranzutasten und gleichzeitig sich *wiederholt* voranzutasten. Denn was er glaubte, hinter sich gebracht, im Rücken zu haben, das kam ihm gerade erst von vorn entgegen, befand sich im Anzug, herannahend. Erledigtes war schon im nächsten Moment *noch* zu erledigen.

Was schert mich die Menschenscheuche der Vögel? Mich Friedfertigen will sie vertreiben, nachahmend den Flügelschlag der uralten Vergelterin, kreischend die prophetische Schelte: Menschliches Wissen kollabiere schon morgen zu einer massereichen, mondsüchtigen Schrumpfsonne!

Das Wetter: Intimpartner der Alten. Wenn alle gegangen sind, die ärgsten Enttäuschungen ausgestanden, die «Gesellschaft» an Interesse verlor, dann bleibt am Ende dieser zügellose Halbgott das letzte Gegenüber. Denn als eine pneumatische Mischung aus Allgewalt und vereinsamter Seele tritt es die Alten an, das Wetter, und wird's immer leicht haben, über sie zu herrschen, und schwach erheben sie die Faust zum Himmel.

Du trägst die Maske der Abwesenheit unter all den anders Maskierten. Sie sehen, wo du bist, durch ein kleines Fenster in die Nacht.

Das Dumme ist, daß wir am Ufer stehenblieben, nachdem der Oceanliner hellerleuchtet aufs nächtliche Meer hinausglitt, um draußen in langen Kreisen seinen Untergang aufzuschieben. Die Tänzer an Deck aber bewegen sich angeschmiegt den Wogen, verkörpern den Sturm wie die Flaute. Sogar dem schrägen Stau der Eisschollen geben sie Figur – für jedes mögliche Wetter halten sie den nachahmenden Körper bereit. Und haben ein Existieren jenseits von Leben und Untergang, die Wetter-Ähnlichen nun, viel näher dem Unbegreiflichen als je ein Denker. Krönung aller Anpassung ist dann ein artübergreifendes Übereinstimmen, ist der Eintritt des Menschenverstands in die alleslösende Schwingung des meergestützten Tanzes ... Doch leider: Wir anderen blieben am Ufer zurück. Und müssen alle Bilder, alles Sehen und Verstehen ins Bad des Widersinns tauchen.

Ich weiß, daß ich weiß, wovon ich spreche.
Noch glaube ich zu wissen, wovon ich spreche.
Mag sein, es gibt bald nichts mehr auf der Welt,
dem meine Sprache entspricht.
Für Proklos war ich noch die überreife Blüte
des Geistes, Geist, der, ganz sich öffnend,
unverständig wird.

Meine Minuzien werden auch im 17. Jahrhundert noch zu verstehen sein. Das Nu des Gewärtigens kennt keine Zeitenfolge, es springt zwischen den Epochen hin und her. Die epische Erzählung hingegen braucht einen oder mehrere feste Standpunkte in der Zeit, unter anderem den ihrer Entstehung.
(Noch lieber nenne ich sie: meine *scintillae acrissimae*, bitterste Fünkchen; sie mögen zuweilen hell aufscheinen – sie bleiben jedoch lautlos und deshalb unvernommen. Es ist nicht Funkenzeit.)

—_

Er, dessen Geist gern an schwer erschließbaren Metaphern sich übte, verliert sich in einen Roman, der «Eureka» heißt wie der von

Edgar Allan Poe. Auch hier kündigt der Autor im Vorwort an, in diesem Buch werde das Geheimnis des Universums gelöst. Im Roman wird jedoch weder die *eine* Theorie noch *die* Lösung des Weltenrätsels vorgestellt. Es wird vielmehr eine unbeherrrschte Fülle von Ideen, Beweisführungen und Spekulationen angehäuft, welcher die *eine* Lösung möglicherweise so unauffällig untergemischt ist wie die Nadel dem Heuhaufen. Mag sie sich auch zwischen den Zeilen verstecken, irgendwo muß ja *die* Lösung, wie versprochen, angeführt und ausgeführt sein! Möglich auch, sie wurde im uferlosen Erwägen, in dem der Roman sich verschwendet, an einer bestimmten Stelle erst gestreift, um später in herrlicher Formstrenge hervorzutreten. Gedulde dich, lieber Leser! Oder wurde sie vielleicht in einem Gleichnis hinterlegt, das man leicht überliest? Oder gar als erkenntnistheoretische Konterbande gleichsam undeklariert mitgeführt? Such sie! ruft das ganze Buch. Such sie! «Eureka!» wird jedoch niemand am Ende ausrufen. Auch wenn er sich einbilden sollte, ihm sei *die* Lösung des Weltenrätsels tatsächlich mitgeteilt, wenngleich nicht zu Bewußtsein gebracht worden. Also bleibt sie für alle Zeit unaufdeckbar einverwoben der immer dichter dichterischen, immer undurchsichtiger sichtenden Beschreibung der Welt.

Vier

Ungewiß, ob sich die Menschen nicht von Anfang an nach einer geheimen Begleitmusik bewegten. Immerzu Musik von fern vernommen haben und ihrem Takt gefolgt sind. Die Ideen und ihr schneller Tausch, Modulationen, Verwechslungen und Erhöhungen, die Bilderfluten, wie rasch hier eins ins nächste erlosch! Fuge und Variationen über wenige Themen. War nicht am Ende alles Richten und Zerstören bloß der Tanz zu einflußreicher Musik, die von unsichtbaren Terrassen herüberklang und zu den kühnsten Handlungen aufspielte?

Oh ihr vögelsprudelnden Bäume ...!
Ich Herbsthabenichts unten im Gras
höre die Wehklage ungepflückter Früchte.
Es schreien die Birnen, die in nächster
Nacht zu Boden stürzen werden.
Die Kosten der Illusionen werden immer
höher bei solchen Festlichkeiten, die mit
übermütigen Fanfarenstößen beginnen,
worauf dann doch niemand zum Festakt
erscheint.

Worte, abgeschlossene, manche kugelrund wie die Träne, und haben mit dieser den Weg des Verrinnens gemein, zuweilen auch die Lust am Kullern, nachdem sie mit einer gewissen Hast von den Lippen sprangen, als ob einer mit doppelten Atemzügen mehr vom Leben erwischte als mit einem tiefen.

Ist das noch die Welt, vor der man getrost die Augen verschließen konnte? Oder geht man bereits unter jenen um, denen für ewig das Auge aufgesperrt bleibt?

Der mit der Stille lebt, seiner sphärischen Braut. Abends über die Seen rudert und nie ein Benzinboot benutzt. Der niemandes gedenkt, sondern ein Durchhaus ist für Väter und Ahnen.

Auf einen Verstorbenen, der in eines anderen Gedächtnis überlebt, zählen Dutzende, die nirgends unterkommen! Man beklage die wahren Obdachlosen.

«Wer erinnert, existiert; doch wer erinnert wird, lebt.»
Teixeira de Pascoaes, «Das dunkle Wort».

Aber das Ich – dieser Batzen von tausend verfilzten Masken und Schichten! Die man sein Lebtag säuberlich zu trennen sich mühte und am Ende säuberlich aufgetrennt wie nasse Geldscheine an die Leine hängt, um sie am Zahltag leicht hinblättern zu können, wenn es darum geht, die letzte Rechnung zu begleichen. Ich! Das klingt, als würden mir alle Haare auf einmal gespalten.

Irgendwann irgendwo bist du dem Überbringer deiner Schattenformel begegnet. Du wirst wohl nie erfahren, wer es gewesen ist. Du kamst vielleicht nur sehr flüchtig mit ihm in Berührung. In einem Parkhaus. Am Rande einer Tagung. Oder war es einmal der Vordermann in einer Warteschlange, der sich zu dir umdrehte? Oder etwa *sie*? War sie es gar? ... Alles andere als eine flüchtige Berührung: sie. Lautlos ging dann in einer längst vergessenen Nacht dieser Code aus fremdem Herzen über in deines.

Die Unnennbare! Manche brauchen dennoch etwas zum Nennen, und einfache Scheu nicht achtend, wählen sie die gebräuchliche häusliche Form: *Liebe*. Die Unnennbare aber macht diesen hier, jene dort namenlos; dann erst finden sie sich und sind nicht wenig verblüfft über die albernen Familiennamen, die sie zu ihrer Unterscheidung trugen. Ist sie nicht, die Unnennbare, Bestandteil des Namens, der nicht gesagt werden kann? Besäßen wir statt des Einsilbers «Gott» eine lange algebraische Formel, würden wir nicht so viel Nennmißbrauch mit Ihm treiben. Tatsächlich wären komplexe Zahlen ein Korollar Seiner Unnennbarkeit.

Unverzagt sprach ich mein Lebtag zu lauter Abgewandten. Man kann aber nicht, ohne sich vor seinem Schicksal lächerlich zu machen, hartnäckig und ohne Widerhall in anderer Leute unwendbaren Rücken reden. Man schweigt also besser. Das Verwerfliche daran ist nur: Man hofft insgeheim, daß gerade dieses Schweigen mehr auffällt als die Worte, die man machte; daß es an irgendeinem Rücken ziehe und zehre, worauf einer vielleicht doch meint sich umdrehen zu sollen, um nachzusehen, welche Ruhe ihn da kitzelt. So hofft man unwürdig auf den beunruhigenden Effekt der Stille, die man verbreitet. Und er tritt ein. Einen gibt es, der sich umdreht. Doch es kommt vom Gewendeten nur ein kurzes, unwirsches «Warum?» und fragt den anstößigen Schweiger. Gleich möchte er antworten, möchte flüssig reden! Schon löst sich die Zunge ...

«Genug von dem!» schreit da ein dritter und dreht den Umgekehrten zurück in seine Reihe. «Diesen Mann laß nur im Regen stehen», befiehlt er.

Versagen hier, Es-sich-Versagen dort, sie bilden die Voraussetzung des täglichen Gespanntseins auf ... Oder des Gespanntseins an sich. Ich stehe auf, der Tag beginnt, ich bin gespannt. Der Nichtstuer ist kein Faulenzer. Er verarbeitet eine Unmenge von Eindrücken, er arbeitet am laufenden Band. Er leistet bestimmt mehr Verarbeitungsarbeit als jeder Werktätige an der Fertigungsstraße. Passivität ist dafür unabdingbar, ist Voraussetzung für die Höchstleistung eines Ichs, das sich seiner Sonderstellung zwischen Himmel und Erde, zwischen Geschichte und Natur, zwischen Jetzt und Nu unentwegt versichern muß. Einsamkeit, einmal betrachtet als laborreine Isolierung, die dem Erdkrüppel Mensch für den Empfang aus der Senkrechten unabdingbar ist.

Der blonde Wald. Wo warst du? Nenne Orte,
an denen du auftauchtest.
Wen siehst du dort? Einen, der viel herumstand
an sonnigen Mauern.
Einen, der früher schon dauernd an früher dachte.

Man lebt als Trouvaille und lebt von Trouvaillen.

Er zeigte uns das Kompositfoto einer Frau
mit mittellangem Haar, mittellanger Nase,
mittelbreitem Mund und mittelrundem Kinn:
Etliche Fotos seiner verschiedenen Geliebten,
übereinanderkopiert, ergaben das Antlitz seiner
Durchschnittsgeliebten.

«Cur aliquid vidi?» (Ovid, «Tristia» II103:
Warum ward ich schuldig durch Blicke?
fragt sich Actaeon.)
Warum sah ich was? Wozu sehen? Wozu gesehen
haben, daß etwas da ist? Da *ist* etwas, wozu es sehen?
Ich habe genug gesehen. Ich sehe, daß, was ich sah,
nun kahl ist. Ich sehe, daß der Wald kahl ist. Ich sehe,
daß der Teppich zu meinen Füßen kahl ist.

Es waren zwei alte Männer, die Erschrockenen,
nur mit ihren schmuddligen Oberhemden als
Lendenschurz.
Sie standen im Rücken einer schwarz
verschlaubten Frau, der dunklen, schwerlebigen,
die über dem Bartresen lehnte mit gespreizten
Ellbogen, deren Ende mit modischen

Ellbogenspitzen verlängert waren:
Man rafft's an sich, illegitim, ein Bruchstück aus dem wüsten Geschehen. Betrachtet's, durchdringt's mit klaren Gedanken und gibt es zurück, ein geläutertes Bild, dem wüsten Geschehen.

Das reuige Gefühl, die Greisin einsam auf ihrer Stube zurückgelassen zu haben, verbindet sich dem Gedanken an die kosmische Verlassenheit von Mutter Erde *alles in allem*. Und so geht die ursprüngliche warmherzige Regung an der Lächerlichkeit eines verfehlten Vergleichs zugrunde. Gleichwohl schafft dessen Großspurigkeit zwischen der Mutter und mir eine räumliche Einbeschließung. Es ist *ein* Raum, *ein* Licht, *ein* Ausweg: unteilbare Verlassenheit.

Das Anlehnungsbedürfnis, das den gesamten ungeschützten Rücken durchzieht, während vorn die Augen dem Kreuz und Quer pfeilschneller Schwalben folgen, so pfeilschnell, wie ihm die Namen entfallen, einem Mann, der froh ist, wenn er, einen haarenden Besen betrachtend, das Wort Borste noch erwischt.

In der Nacht begegnete ihm Similis, Schöpfer der Ähnlichkeiten – vom wahren Schöpfer so weit entfernt wie der Baum vom Baumkuchen. Die Worte, die Augen – sie vergleichen mit den Jahren mehr miteinander, als tatsächlich vergleichbar ist. Von Stufe zu Stufe entdecken sie Entsprechungen und steigen von Ähnlichkeit zu Ähnlichkeit.

Auf welchen Werken alter Kunst sind wir, Verletzte von heute, lange vor unserem Erscheinen bereits aufgetaucht? In welchen Szenen großer Meister früh schon vorausgesehen?

Wie viele Phantome, Mißgeburten, scheue Flüchtlinge drängten sich schon in dieses lichte Zimmer! Und welch ein Andrang Schrift, von der nur zwei, drei blutige Sätze auf den Mauern stehen blieben!

In der Stille, der unstillbaren, die dich hinüberholt ... Es ist, als ob die Stille nur abwartete. Abwarten und schwellen, das ist die ganze Stille. Bis sie unversehens einen übermächtigen Schrei entbindet.

Der stockende Atem eines Bewußtseins, dem es
im wesentlichen selbst um das Stocken zu tun ist,
das Stocken an sich, um die Macht des Zögerns
und der Verlegenheit, des vielleicht sichersten
Gewahrwerdens von Existenz.

Was befindet sich also im Gegensatz zur Zeit
(außer der allen unbekannten Ewigkeit)?
Sind es die Hesitate, die Stätten des Zögerns,
des Aufenthalts, um zu lesen des Zögerns
kreisende Zeichen? Was also befindet sich im
Widerspruch zur Zeit?

Wir waren dem Unscheinbaren schon so nah ...!

Man suche nur, jeder auf seinem Ödfeld, nach
faustgroßen runden Steinen. Sammle so viele,
wie sie mit Gedichten auf Papier sich umwickeln
lassen, bis keiner mehr unverhüllt bleibt.
Die karge Ebene läge schließlich gefüllt mit
in Poesie gewickelten Steinen, wie man sie in
höfischer Zeit nach und nach über eine hohe
Mauer geschleudert hätte, um einem streng
bewachten Burgfräulein eine Huldigung zu
bringen.

«Ich bin das sprichwörtliche,
das sattsam bekannte, auf deutscher Raststätte
vergessene Findelkind, liegengelassen
neben Rosen aus Wachs, neben abgenagten
Hühnerschlegeln, Findelkind, das es schließlich
bis ganz nach oben geschafft hat. Mir erscheinen
die Mitmenschen inzwischen klein und
unterlebensgroß. Ausschließlich damit beschäftigt,
Vorräte zu sammeln. Da gibt's höchstens einen,
der sich verschwendet, der sich vergißt, der
kommt auf dreißig, die nur hamstern, sparen,
raffen, heimsen, zählen. Und dieser eine ist der
Mann der Pikade, der den Pfad durchs Dickicht
haut, das verbuschte Sammeln, Horten, Bunkern
lichtet.»

Fünf

Ihr Haarnetz aus Nassa-Schneckenschalen, ihre
Wimpern so lang wie die Barteln des Welses –
junger Mann, umarmt von alter Wahrsagerin,
zwei Dutzend Hirschgrandeln als Stirnband,
urzeitliche Krümmung von Liebenden, wie
um wiederzubeginnen als Cro-Magnon-Paar.
Die Arme um seinen Hals, die Beine um seine
Hüfte geschlungen, scheint sie eher ein sperriger
Auswuchs ihres Geliebten, klein und klammernd,
gerade wie aus seiner Seite entstanden.
Doch nur, um mit ihren Lippen, um mit ihren
Einflüsterungen ganz nah an seinem Ohr zu sein,
ihn wegzuführen mit gesäuseltem Kriegsruf von
ihrem gemeinsamen Lager, zum Schlachtenengel,
der über Sieg und Niederlage, Ehre und Ächtung
gebietet. Man's oldest beast of burden was
woman. Ältestes Lasttier des Menschen ist die
Frau. Ihr aufgeschnürt die Bürde der Weissagung.

Abgegriffen der Berg, verwohnt die Hütte,
zerschlissen das Land. Ein Monument der
Schäbigkeit: die Ortschaft. Man darf nicht
dorthin schauen, wo die Morgenröte Spuren
der Verwüstung hinterließ. Noch gibt es Orte,

erhabene Stätten, an denen Morgenröte gar nicht erst auftaucht.

«Schon morgen du nicht mehr!» rief strotzend die Nacht, siegesgewiß, und drohte dem schwächlich grauenden Tag.

Ein zwischen seinen aufgestützten Armen den Kopf hängenlassender Mann, der in tiefer Entschlußlosigkeit seine Worte wählt und gleich wieder zurücknimmt, verwirft, lauter abgebrochene Sätze – er überläßt sie jenem zweiten am Tisch, der raucht, schweigt und stirnrunzelnd das Streichholzmäppchen zwischen den Fingern dreht, was in etwa besagen will: Wären auch alle 3,1 Milliarden Zündhölzer, die sich auf Erden befinden, aus dem Verkehr gezogen und unter Kontrolle, so hätte man damit noch nicht den Weltenbrand oder die Ragnarök verhindert. Mit anderen Worten ...

Ich stieg auf einem schmalen Streifen Geröll den Berg hinan, Ödrand zwischen einer Mauer und einem Stacheldrahtzaun. Verdorrtes Unkraut auf dem Niemandspfad. Aufsteigend kamen sich Mauer und Zaun so nah, daß für mich kein Zwischenraum bliebe und ich gezwungen wäre, vor dem endgültigen Zusammenstoß beider Grenzen umzukehren und wieder hinabzusteigen. Sieh dich vor! Du bist ein Stück vom Schutt, der abrutscht ohne Halt vom Hang. Selbst wenn du ein wenig stockst, seitwärts greifst und für einige Minuten deine Finger in das Grasbüschel einer Frau krallst, wirst du vom Wesen und von innen heraus immer und ausschließlich abrutschendes Geröll sein.

Sie liest mit den scharrenden Pfoten eines Spürhunds, als sei irgendwo im Buch eine leckere Idee verbuddelt, an die sie ihr Leben hängen könnte.

Dieser von Geburt an Mneme-gebeugte Mensch, allzeit an kleinem Tisch, und wie er nun an jeder Erinnerung ein Eselsohr knickt, um sie nicht bei nächster Gelegenheit wiederum *wie zum ersten Mal* zu erinnern. Arbeiter am nicht endenden Zug der Mneme, der nie ein Werk abschloss, sich nie erheben durfte, seine Mappe schnüren und «Fertig!» schreien.

Reisen heißt zurückweichen.

Wir suchten nach Einöden, um endlich ein ernstes
Gespräch zu führen.

Erdkreis getauscht gegen *Orbit intim*, auf dem ja
die besten Brocken Geliebtes kreisen und immer
wiederkehren.

Wollten wir einst Vortreiber der Welle sein,
so gefällt uns jetzt, die Brecher am Ufer verebben
zu sehen.

Verkennung! Verkennung! Der ranghöchste
Dämon der menschlichen Luzidität. Verkennung
regiert die Liebe und die Feindschaft.
Du liebst jemanden, *weil* er nicht sieht, wer du
bist. Jedenfalls nicht, solang er dich liebt. Liebst
ihn, weil der Liebende dich nicht sehen *kann*.
So lebst du inkognito die beste Zeit.

Seine Frau ließ sich gegen Abend so verniedlichen,
daß sie in ihrem Schuh übernachten konnte.
Kein Wunder also, daß eines Nachts lange
behaarte Männerarme den Plafond durchbrachen,
hinabgriffen und die kleine Person in ihrer

Schuhschale erst aus dem warmen Zimmer, dann aus der Nacht, dann aus der Stadt, dann aus ihren besten Jahren, schließlich aus ihrer *Restlaufzeit* heraus- und davonhoben.

Espenlaub am ganzen Körper, Blätter dicht um dicht: Immer heftiger ist der späten Tage Zittern im Wind zu spüren. Aber Alter – was wär's? Am besten wohl «*zu den Vätern versammelt zu leben*» (Oskar Loerke).
Zu tief erschrocken, als daß einem noch träumte. Zu erschrocken, als daß man noch etwas in Ruhe begriffe. Doch auch das sture Stehen und Stehenbleiben wie die Uhr – man harrt im Schneetreiben vieltausendjähriger Reste, man spürt die letzte Bö, den letzten Windstoß der Vertreibung oder menschlichen Vertriebenheit seit Anbeginn.

Unter Menschen! Auf dem Schul-Abschluß-Fest seines Patenkinds fand er Verwendung.
Dort stand er und gab aus einem großen Bottich Erbsensuppe aus. Löffelte und löffelte. Schenkte und schenkte. Dabei kam er tatsächlich mit vielen ins Gespräch, doch es war jeweils nur kurz, und die Redewendungen des Austauschs wiederholten sich viel zu oft. Das ganze Unter-Menschen war dennoch heiter und dauerte nicht länger als die Löffelung der Suppe bis zum Grund des Bottichs.

Halbleiter Geist: Bei einer Temperatur um den Nullpunkt isoliert er zuverlässig Himmel und Erde. Bei Erwärmung hingegen transportiert er als guter Leiter das Nu der Verbindung.

Es ist ein ausgemergeltes Gesicht, das sich täglich über ein Maßliebchen beugt, dessen Mitte kirschrot gefleckt ist. Ein Gesicht, das sich das Dasein eines Pflänzchens auszumalen müht, als ob ein Maler es zeichnete mit verstümmelter Hand. Das Gesicht sucht Zuspruch aus den Dingen, die es werbend betrachtet. Es würde der hübschen Pflanze niemals seine Geringschätzung ausdrücken, indem es etwa ‹hübsche Pflanze› von ihr dächte. Das Gesicht denkt hingegen, daß dies leuchtharte Weiß nicht geeignet wär, als ein Symbol für Unschuld zu gelten. Das Weiß mit seinem Blutfleck bietet das Farbenspiel einer tödlichen Gefahr. Dabei bekennt es seine Sorge, über die kalten Tage des Aprils zu kommen und erst verlebt zu sein, wenn über ihm das tägliche Gesicht an seinem linkischen Sich's-Ausmalen endgültig gescheitert sein wird.

Du siehst das Meer, aber das Meer bist du. Und das Meer spricht zu dir: Das Meer bin nicht ich.

Aber drüben, im Kurland, am Strand – wo nach hundert Jahren noch schön geformte Mulden sich erhielten, geformt von Frauen, die vom Krieg unaufgescheucht sich in der Düne sonnten, hin und wieder ihr Gewicht verlagernd. Fossile Hohlskulpturen im Sand, Busen, Hüfte und Gesäß, kaum verweht.

Bereits Warten verrät einen Mangel an Zeitverachtung.

Sie warfen sich Bleistifte zu, so gezielt, daß sie hinter dem Ohr steckenblieben.
Statt zeitgenössisch zu sein, waren sie auf einmal seinerzeitgenössisch.

Der Lüstling des dichten Schneefalls. Der Schneeküsser, der sich am Ende mit einer einzigen Flocke begnügt.

Der Ausdruck *Spiegel* kommt erst im Mittelalter auf. Vorher: Schattenbehälter.

Der rasselnde Atem von uns armen zertretenen Käfern, die wir unter glänzenden Panzern lichtlos verbluten.

Sterben mit allzu weiten Augen, die Allzuweites sehen wollen. Kein Zucken, keine Aufbäumung, nur sehen, bis kein Sehen mehr ... Mit den Augen bis ans Ende des Sehens gelangt: der überforderte Blick, Siegel der geräumten Stätte.

Die Haut eines Buchs lag im Mulm unter den Tannen, verschrumpelt und leer, wie das Trikot einer ausgeschlüpften Seiltänzerin.

Mach's dem Zufall schwer! ... Dem Gedanken erst eine Blechdose an den Schweif binden, dann ein Bleigewicht. Dann (eventuell) schreiben mit der Mausohrspitze des frischen, noch unentrollten Buchenblatts.

Das Ohr auf dem Seil: denn er legte abends den Kopf auf ein vielmals verschlungenes Seil und horchte durch alle Knoten hindurch, ohne sie je lösen zu wollen.

—

Geschenke begegnen zuweilen einer urtümlichen Enttäuschung. Diese wird binnen Sekunden zivilisiert. Manchmal dauert es etwas zu lange, man hört es im archaischen Grund förmlich knirschen beim Umdrehen der Gefühle. Dazu noch ist die anschließend gezeigte Freude ein laues Nachspiel zu der spontanen Verwerfung der Gabe, die ihr voranging. Auch fehlt dem ein oder anderen Beschenkten jedes *semantische* Vertrauen in das Geschenk: Was *heißt* dieses Geschenk? Diese argwöhnische Frage schiebt sich auf Anhieb vor den noch so hübsch gewählten Gegenstand und blockiert geradezu seine Wahrnehmung. Was soll es mir bedeuten? Angenommen, es handelt sich um nichts weiter als um einen hübschen Blumenstrauß, der zu einem ziemlich konventionellen Anlaß überreicht wird. Wir haben uns etwas dabei gedacht, als wir mit Unterstützung der Floristin die Blumen auswählten und zusammenstellten. Wir haben darauf geachtet: Der Strauß möge nicht zu protzig, nicht zu dürftig; nicht zu edel, nicht zu bunt; nicht zu ländlich, nicht zu mondän; nicht zu verspielt, nicht zu getragen; nicht zu vielsagend, nicht zu belanglos, er möge ganz einfach nur hübsch aussehen. Jedoch, da wir ihn schließlich übergeben, wird in einem rasanten Überschlag jede unserer Regungen, mit der wir ihn sorgfältig komponierten, aufgespürt und entschlüsselt und hinter dem arglosen «Oh wie schön!» der Beschenkten und Begrüßten verborgen gehalten. Das Maß unserer Großzügigkeit, unsere geheimeren Absichten, unsere etwaigen Vorbehalte, kurz, unsere gesamte innere Disposition, so zu schenken und nicht anders, die ja dem Strauß erst sein eigenes Licht und seine besondere Farben gab, wird einer blitzschnellen Sichtung und Kritik unterworfen. Dabei wollten wir ihn beim Überreichen durchaus in ein erprobtes anderes Bedeutungssystem hinüberreichen: Er sollte *für sich* sprechen. Er sollte nur Freude bereiten, er sollte nur der eine und ganze Ausdruck unserer Verehrung und Zuneigung sein. Die Gabe, das Angebinde sollte der zur Unbezweifelbarkeit zusammengefaßte und eben gebundene Ausdruck unserer Herzlichkeit sein, wobei der bunte Strauß selbst das Gefleck an Widerspruch und Distanz, an viel- und gegenstimmigen Motiven ebensowohl verkörpern wie auch in vollendete Harmonie auflösen sollte.

Diese Grauköpfe von Löwenzahn, die frühvergreisten Sonnenhäupter, wiegen sich und bleiben unschlüssig, bis alles abfällt und sie nur noch öde Stengel sind.

Sechs

Hier, im besten aller weltverlorenen Räume. Mein Freund! Es gibt viel weniger *Welt*, als du glaubst. Und nur der geht an ihr zugrunde, der sie *überall* vermutet. Du solltest die starken weltlosen Stellen brennen spüren. Zwischen zwei Menschen, unter einem Pfirsichbaum oder in einem großen, fort-führenden Kunstwerk. Der Haecceitas, der Diesheit der Dinge – Duns Scotus: «Diesheit ist das, was ‹dies da› einzeln zu ‹diesem› macht» – würde ich gern die Hicceitas gesellen: das Hiersein oder die Hierheit, die jedes Da und Dort verschlingt …

Amt des gnädigen Gesandten, Amt des Todesengels sei es, den Kandidaten einer unendlichen Befragung zu unterziehen. Und wie er ihn einvernimmt, vergeht ihm, daß er am Ellbogen sanft abseits geführt wird. Statt Ende pur gibt's hier das Ewige Interview. Dies ist jedoch eine theologisch unfundierte Vorstellung. Man vergesse nicht: die unvorstellbare Geschwindigkeit, *velocitas inestimabilis*, mit der Gott das Letzte Gericht vollziehen wird, da er die Urteile alle schon vorher kenne – so Otto von Freising nach Augustin im «Gottesstaat».

Als wäre ein Verfolger abzuschütteln, stößt er undurchdringlichen Geist aus wie der Polyp seine Tintenwolke. Er will weder verstanden noch erkannt, er will nur noch geschützt sein.

Ich sah, wie der Morgen nicht steigen konnte. Sonne, ein ersticktes Blau, schwamm zwischen den Hörnern des weißen Stiers, der auf dem Hügel ruhte. Und im selben Augenblick ward ich durchkreuzt. Meine Durchkreuztheit, das X ging vom Herz zum rechten Fuß und vom rechten Hirn zum linken Fuß: durchgestrichen, ausgeixt. So ging ich nun unter den Leuten.
Und wenn sie mich fragten nach dem Sinn meiner Rede, so zeigte ich nüchtern auf den vitalen Chiasmus zwischen Fuß und Herz, Hirn und Fuß.

Wie sich für den Winter rüsten? Seine beständige Sommersorge.

Ein Mann mit gesenktem Kopf, aschblondem gescheitelten Haar, untertassengroßen Brillengläsern, hält unberaten vor einer Tür, die zwar geschlossen ist, doch höchstwahrscheinlich per Klinkendruck sofort zu öffnen wäre. Weshalb steht ihm diese Tür im Weg? Er hat

seine Reisetasche abgesetzt. Wendet sich nah an die Tür, wendet sich ab von der Tür. Steht, als bilde die Tür einen feindlichen Widerstand auf seinem Weg, Sperre, Barrikade, jedenfalls ein Hindernis, seine Bahn fortzusetzen. Er hält an wie ein reisendes Tier, das keinen Begriff hat von einer Tür, bereit, seine Reise zu beenden, vor eine geschlossene Tür gelaufen, steht da wie der Ochs vorm Scheunentor, angekommen, nicht ganz angekommen.
Ihm ist, als stießen drei mittlere Finger, ausgestreckt, seine Stirn zurück: Du mußt warten warten warten.

Es rang ein unseliger Krüppel mit mir, ein Junge mit der Kraft des Mißwüchsigen schloß mit Stahlgreifergewalt die Arme um meine Hüfte – ein Buchhandlungswahnsinniger. Ein Mensch, der nie lesen konnte, der aber ausschließlich in Buchhandlungen sein Unwesen trieb, die lesefreudigen Kunden umklammerte und niederrang, denn, so sagte es ihm ein dumpfer Instinkt, unter den Leuten mit erhöhtem Bildungsgrad durfte er auch die höchste Toleranz erwarten. Und tatsächlich waren alle vom Krüppel Bezwungenen «wahnsinnig nett» zu ihm und schämten sich, noch am Boden, ihrer gesunden, geraden Gestalt.

Was sonst ist noch da? Die Ebene enthält eine lachende Kuhle, eine schnauzende, eine singende, eine betende, eine jammernde sowie eine ausrufende Kuhle. Es sitzen in ihrem Mittelgrund der Lacher, der Schnauzer, der Sänger, der Beter, der Jammerer und der Herold. Die Wände sind steil, rund und glatt, unerklimmbar. Oben gibt es einen hilfreichen Knaben, der die Besorgungen für die – zu ihrer tiefsten Schmach – Person gewordenen Personifikationen erledigt.

Worin sich wiegen lassen hinaus? Die Barke, der Nachen, die Schaluppe, die Barkasse, der Kutter ... In irgendeiner Schale zieht man, mit dem Schaukeln beginnend im Mutterleib, weiter durch Menschen und Handlungen, oft aufgehalten, doch unumkehrbar hinaus. Dies Gleichnis läßt sich nicht auf ein tieferes reduzieren; es meint komplett und in sich geschlossen nichts als die Ausfahrt. Jede Bewegung, in welche Richtung auch immer, verstärkt deren Stetigkeit, so daß sie unabhängig von Windstille und Sturm niemals den Kurs verliert.
Man könnte auch sagen, anderes Gleichnis: Die Wellen des Ersteinschlags, Steinwurf Geburt, ein Schlag ins dunkle Wasser, breiten sich aus, laufen auseinander, werden weiter und schwächer, um am Schluß wieder eine glatte Wasserdecke zurückzulassen.

Derselbe bin ich, lang hingestreckt über meine Tage, *non senex sed vir extentus in annos* ... Derselbe bin ich, den die Mutter am Schulmorgen aus tiefem Schlaf weckte, nun der unruhig Schlafende, der durch sich selbst geweckt wird schon mitten in der Nacht und der zurück in den Schlaf nur findet, indem er denkt: Ich bin doch derselbe noch von Kopf bis Fuß, gekrümmt im Bett, den seine Mutter einst weckte am Schulmorgen ... Hörst du den Schlaf rauschen in der Schlucht? Das hast du gelebt, was da rauscht.

Aber der Rosenknauf, die Faust voll Kraft,
kurz vor der Entfaltung – und wie man
später dem schlaffen Entblättern noch einmal
die Rosenknaufstärke vorhalten möchte!
Der Allabendlichkeit auch.

Es war ihm auf seinem täglichen Gang in die Senke, als ginge er jedesmal tiefer hinab und fände tiefer abwärts die Mulde des Sees, als führte der Weg länger und länger hinunter in niemandes Gesellschaft. In Wahrheit bleibst du, sagte er sich, verhüllt in Kierkegaards Zylinder und Paletot, auch wenn du im leichten Hemd am heißen Mittag zum Wasser hinabgehst.

Die Stimme der Liebe, da und dort, scharf und stechend, obgleich die Fußsohle des Herzens etwas taub geworden war und den Gang übers Nagelbrett kaum mehr spürte. So wurde er immer hadriger und unleidlicher. Ja, er haderte mit seinem Schicksal, das ihm die Operetteneinlage einer späten Verführung mißgönnte. Über seine späten Tage löste sich aber die üble Laune, Undank klarte auf zu Dank. Liebhaberei wurde das Kreuz des Liebhabers. Sopranstimmensammeln. Aus allem, was da so klang, formte sich ein Flüsterton und damit die Chance, intim zu werden mit Licht und Schatten, Wolken und Feldern.

Sind's nicht sturmhaltige Bäume, in deren Krone es immerzu saust? Während drunter Ähren und Gräser gleichmütig in lauer Luft sich wiegen, Äcker und Teiche stillstehen unter Sonne und Frost. «J'ai du vent dans la tête», sagte der Junge, von Gewaltspielen besessen, an seiner Konsole. Junger Brausewind oder Brausekopf, wie sagt man? Die Windstille aber kennt noch ganz anderen Zauber.

«Es läßt mir keine Ruhe. Sie sagten doch: Die Kinder spielen nur Kind. In der Nacht aber,

wenn wir schlafen, erheben sie sich und werden unsere gestrengen Ahnen.»
«Ich erwähnte es nur. Doch das beiläufig Erwähnte rächt sich jetzt. Es steht auf gegen mich und mit ganzer Macht des Mißverstehens schlägt es zurück. Die Kinder sind ja die Erfahrungsuralten. Sie werden erst zu kleinen Erwachsenen, wenn sie an der Erfahrungsarmut der Erwachsenen teilnehmen und teilnehmen müssen. Manchmal aber, wenn die scheinheiligen Eltern oder Älteren, ihres Täuschungsspiels müde, aufgeben, zusammenbrechen, ohnmächtig werden, dann spielen die Kinder wieder ihre angestammte, von allem Kleinen und Kleinhalten befreite Rolle.»

Es gäbe für ihn nichts im Leben, das er anders als nur beiläufig erwähnen möchte.
Die blinde Liebe zur Beiläufigkeit bewirkte, daß nur vom en passant und seitlich Wahrgenommenen bei ihm etwas hängenblieb. Hätte er nur einmal den Kopf anders gerichtet und ihn vom Unerheblichen abgewendet, emporgehoben, so wäre es ihm kaum erspart geblieben, geradewegs und ungehemmt ins Fürchterliche zu blicken.
Er wäre vor einem unangreifbar ihn verfluchenden Menschenchor gestanden, eine Turba beleidigender Spötter wäre über ihn hergefallen. Eine schäumende Menge, die alles überblickte und in Verruf brachte, was er in

seinem bescheidenen Leben bisher getan hatte. Andauerndes Übel wäre über ihn verhängt worden und für den Rest seiner Tage Pech. Er hätte sich zu einer Kleinheit verschrien gesehen, wie sie unter Menschen bisher noch unbekannt war. Und also nicht einmal die Chance gehabt, seinesgleichen zu begegnen. Sich dessen bewußt, ließ er nicht ab, alles um sich herum nur beiläufig zu bemerken.

Infolge einer kleinen Abartigkeit blieb sie das ewige Mädchen, indem sie bis ins hohe Alter alle Kirschkerne ihres Lebens aufhob und sammelte. Jedesmal, wenn sie eine Tüte mit Kirschen kaufte und verzehrte, spuckte sie die Kerne in ein Tuch, trug sie nach Hause und füllte sie in hohe Einmachgläser.

In der Frühe, als sie auf dem Rücken schlief, spürte sie das geringe körperliche Gewicht ihres toten Vaters, der, sehr klein, ihr auf der Brust kauerte. Als sie erwachte, floh der Alb nicht schnell genug, so daß sie ihn am Druck, der wich, erkannte.

Oft sank sie mit dem ersten tiefen Zug an der Zigarette zu Boden. Krumm wie ein Embryo lag sie auf der Seite. Im Ausschnitt lappte die linke Brust über die rechte, gekrümmt wie ungeboren lag sie am Boden und rauchte – man muß schon sagen – rauchte geradezu lebenshungrig.

Das losgelassene Gelächter armer Leute vor einer sich entblätternden Litfaßsäule. Litfaßsäule, die sich einmal kräftig reckt und dehnt und schält mit den Worten: «Werben Sie nie auf einer schlafenden Litfaßsäule! Beklebt mit immer neuer List, warb ich mein Lebtag nur für Mist!»

Farewell, comedians! Im Rohbau schon lagen in allen Fensteröffnungen die zukünftigen Bewohner, und Arlecchino nahm's mit ihnen auf, mit dem ganzen Hinterhaus, indem er mit jedem, der dort in seinem Fenster lehnte, einzeln einen Streit führte, schnell wechselnd zum nächsten, und wie ein gerissener Jongleur in Windeseile unzählige Anwürfe auffing und zurückwarf, unten im Hinterhof, er ganz allein, Rufer gegen das vielstimmig scheltende Haus. Und dabei hüpfte ihm vor Freude das Herz: So viele schimpften herab auf den einen! Und einer spielte mit so vielen Bällen! ... Parierte den Flagellanten und Mißhandlern, den Transvestiten, Spannern, Exhibitionisten, Liebedienern, Selbstsüchtigen, Kommunikazies, Glücklichen, Nichtsen. Angebern, Möchtegerns, Schwätzern und Bockwürsten!

Beschattet von einem gefälligen Diener, der immer mit aufgeschlagenem, zum Einschlüpfen bereitem Mantel seinem Herrn folgte, gestikulierte dieser, wo immer er ging oder stand, heftig mit beiden Armen zum Himmel empor. Vergebens öffnete der gefällige Diener den Mantel, denn niemals hielt sein Herr die Arme so ruhig, daß sie hätten hineinschlüpfen können.

Der schwere Gedanke, der schwere Mut, das schwere Gewissen gleichen rostigen Eisenplatten in der gewichtlosen Halbleiterwelt.
Die Macht, die Trauer, das Riesengelächter liegen wie enthändigte Gliederpuppen hinter der Kulisse des frivolen Theaters, das gleichermaßen ungestalt jede Gestalt erscheinen läßt. Und sie liegen neben den alten Hauptfiguren: dem König, der Prinzessin, dem Hanswurst, und starren reglos gen Himmel.

Auch wenn es nur ein tropfendes Rinnsal ist – fallende Wasser sind alle geschwätzig.
Voran die Brunnenspiele verraten mit unvorsichtigem Plätschern anzügliche Ondits, Intimitäten der großen Wasser, von denen sie gar nichts Genaues wissen, obwohl ja alle Wasser der Erde sich kennen. Der dunkle breite Fluß hüllt

sich in Schweigen. Der dunkle breite Fluß löst, was kleine Wasser über ihn klatschen, in seinem großmütigen Strömen auf.

Wir merken, bevor ein Krieg beginnt, seine Wirren früh in unserem Gedächtnis. Dort steigt im voraus viel von alters her herauf, das Menschen nur in einem Krieg erinnern. Noch bei bestem Wohlstand schmecken sie Dürre, Schüsse, Armut, und obgleich noch sicher und in Freiheit, verlangen sie bereits ein schützendes Versteck. Aus ist es auf einmal mit dem Herumschleichen im Alleralltäglichsten! Aus mit den Prahlreden über Dinge, denen man nicht gewachsen ist: Tod, Jenseits, Milchstraße.

Das eine amfortashafte, das blutende Verlangen nach der Frage, die jemand zufällig stellt und die ihn sich und anderen mit einem Schlag erschlösse. Doch niemand wird je diese Frage an ihn richten. Er wird abgehen in Unerschlossenheit, so wie er sie zeitlebens feilbot und die im Grunde alles war, was er an Reiz und Rätsel in den Verkehr brachte; einmal verschwunden, wird er gleichwohl von den Fragelosen als umfassend erschlossen angesehen werden.

Der Schläfer lag rundgekrümmt auf einer Rundbank, die eine alte Trauerweide umgab. An die Zweige hatte er sämtliche Utensilien geknüpft, die er mit sich trug. Sie hingen dort wie an einem Christbaum Geschenke und Süßigkeiten. Vom Schuhlöffel bis zur Kreditkarte, vom Roller-Pen bis zur Pudelmütze hing alles am Baum, was er besaß. Er war sicher, daß ihn die Weide vor Wetter und Diebstahl beschützte, und nichts störte seinen tiefen Schlaf; nur ausstrecken konnte sich der Schläfer nie auf der runden Bank. (Bei Herodot steht: Als Xerxes in Griechenland einmarschierte, wurde er von einer solchen Liebe zu einer Platane ergriffen, daß er ihr seine kostbaren Spangen und Armbänder in die Zweige wand. Xenophob, homophob, Misanthrop – aber dendrophil.)

Ein Mann kann nur schlafen, wenn sein Bett fährt. Auf einem stillgelegten Bergwerkgelände steckt er die krummen Schienen der Werkbahn zu einem geschlossenen Oval. Am Abend, wenn er sich zu Bett legt, beginnt die Lore langsam ihre Runden zu drehen:
«Das Schattengetuschel» hieß die Erzählung – die vollkommen freie, gegenstandslose –, die sich im Dösen selber zu schreiben begann. In seltsam vor- und zurückzuckenden Abschnitten verlief sie, wie nur tuschelnde Schatten sie erzählen können ...

bis sie schließlich das Papier erreichte, dann aber vor der kahlen weißen Seite derart erschrak, daß sie sofort die Flucht ergriff.

Gewiß gibt es eine Art zu existieren, die gleicht einem bedeutungsvollen Sich-Räuspern vor der großen Rede, die dann doch nie gehalten wird.

Im unbefestigten Geläuf, Sandbahn für die Gewinner, blieb stecken der dampfende Schuh vom eiligsten Menschen der Erde.

Ein Kind im schmalen Schrein seines Verstehens leuchtet. Es leuchtet durch Begrenzung im Leiden und in der Freude. Ein Kind ist kein Zeitgenosse. In einem breiteren Schrein steht der Mann, sehr wohl ein Zeitgenosse, von Netzen und Würmern gleichzeitig erschlossen. Eine von Flechten durchzogene, abnehmende Gestalt. Im Schrein, in der Beschränkung, der Eingefaßtheit, die man sein Lebtag nicht verläßt, ist das Geflecht gewachsen. Von außen betrachtet, ist es Dichte der Verbindungen, Dickicht der Differenzen, Ballung der Abstraktionen; vom Herzen begriffen, mit Kinderhand betastet, ist es bloß eine formlose Geschwulst. Kommunikation und Verwesung sind ein und dieselbe leibliche Wucherung, dieselben Gänge benutzen Nachrichten und Würmer.

«Um es mit Lionardos Worten zu sagen: Das Hirn und das Geschlecht sind gleich weit entfernt vom Herzen.» So sie, abschließend, mit dem Lächeln des verschmerzten Ungenügens. Der Strumpf, über das ausgestreckte Bein gezogen, wird auf dem nackten Oberschenkel an den Hüftgürtel geklippt. Gerade so wie vor Zeiten, als die Körper noch Gebärde zeigten – als die Lust noch geistreich war.

Sieben

Man kann gar nicht anders, man muß einer
bestimmten Erkenntnismelodie hinterher.
Sie hat einen betört, sie lockt in immer tiefere
Verschlüsselungen hinein. Man muß einem
Klangzauber hinterher, muß noch ein paar Stufen
tiefer runter, greift unterwegs auch dies und
das noch auf, Übersehenes, Vernachlässigtes,
Liegengebliebenes. Jedoch der Aufwand –
die dunklen Funde, die mühsame Gangart, das
minutiöse Variieren von hinlänglich Bekanntem –
befördert am Ende nichts, wofür sich das schwere
Heben gelohnt hätte. Man kehrt zurück und
bleibt der bewegliche und verdrossene Gefangene
seines Zungenschlags.
Schließlich ist es unmöglich, mit dem eigenen
Zungenschlag zu brechen. Unvermeidlich, daß
er ganz von selbst, nicht ablenkbar in die alte,
immer gleiche, längst banale Melodie einschwingt.
Doch eines Tages, sobald man seine Rede als
Zwang und Fluch abschütteln konnte, gerät man
doch noch auf einen Weg, der in ein Jenseits
allen mitteilsamen Tönens, der abseits in das
zeitbereinigte Schöne führt. Zuerst ist es
vielleicht die Kristallzucht der kantigen Formen,
in deren Prismen sich die Moden spiegeln,
die vorbeistreifen, und später geht es hinaus in

die freie Landschaft mit ihrer unerschließbaren Stille und Gleichgültigkeit, bereit für ein «... zeitloses nu / Wo landschaft geistig wird und traum zu wesen» (Stefan George).

Auf den Sommerwiesen aber das Haberfeldtreiben durch Spaliere versäumter Menschen, nicht befolgter Belehrungen, abgewiesener Liebe. Die schreckliche Rache der vermiedenen Welt. Sowie das nachsetzende Gefühl für Gärten, die man nie betrat und deren Zauber nun in der späten Reue doppelt wirkt. «Ich hab nicht genug gesehen!» Mit diesem Vorbehalt beginnt er jede Antwort, sobald jemand eine gewissenhafte Frage an ihn richtet.

Du kennst die Menschen nicht!
Dafür kenne ich eine Menge Leute.
Was ist an den Leuten so interessant?
Sie sind Menschen in einfallsreicher Verkleidung.

Alle Vögel zurück ins Gestrüpp! Nicht auszudenken, wieviel vergebliche, bloß sich selbst gefallende Rufe im Mittag! Unzählige unabgestimmte Gesänge. Dann schließt sich die Hecke. Und es reißt der Gesang. Totenstille.

Auf Dauer nichts Richtungweisendes. Den Wegpfeilen, den Weisern, die ihm ein Ziel anzeigten, brach er die Spitze ab. Streunen wollte er, nicht folgen. Keine Reise, kein Gepäck, kein Menschenwirbel – kein Roman! Keine Skizze, kein Schema, kein Hoffen, kein Ahnen, keine Überzeugung, nichts, dem er sich mit Haut und Haar verschreiben konnte. Kein Zeitpunkt, kein Weltklang.
Stattdessen ... die ganze Welt als «Streu und Spreu» geachtet (Luther).

Unerschüttert der Ausrufende, der in seiner Sprache stürzende Kathedralen umarmt, ehe sie endgültig zerschmettern auf grauem Asphalt.

Das Kleinkind als Vor-Denker. Fast alles ist da!, nichts hier. Der hinaufgeworfene Arm, der gegen den Abend gestreckte Finger: «dunkel!» Eigentlich ist jedes Beim-Wort-Nehmen: Züchtigung. Die kleine Entrüstung. Dem, wie es ist, begegnet ein Ausdruck der Empörung. Ein leiser Vorwurf kann dem Sein nicht erspart werden. Wenn es draußen dunkel wird und man kann das Wort dafür nennen, führt man Sprache gegen etwas, das so nicht gefällt, nicht in Ordnung ist. Derart könnte Sprache vielleicht gut sein, um etwas in die Augen Fallendes abzuwehren,

eine über den Verstand kippende Welt
zurückzuhalten.

Wer könnte es sich leisten, ergriffen zu sein von
seiner «inneren» Stimme, wenn sie plötzlich
aus einer dichtbelaubten Linde zu ihm spricht?
Oder wäre noch begabt, zurückzuweichen
vor der plötzlichen Blöße einer unbekannten
Geliebten, geblendet von der Unmittelbarkeit
ihres Erscheinens?

«Wie einen Seufzer verlebten wir unsere Jahre»
(Psalm 90,10).
Seufzer, oft Auswürfe längst versunkener
Verzweiflung. Dann brechen sie aus
sedimentierten Schmerzen vulkanisch hervor wie
Blödheit und Furor.
Dann zeigt sich auch: Das Geäder von Rissen in
der kahlen Felswand muß das Fossil eines Blitzes
sein, den noch Gottvater Jupiter schleuderte.

Inertia wiederum. Der Schläferin Weltenweben.
Ihre heilige Trägheit war unantastbar. Man
konnte sie zum Sprechen bringen. Aber Sprechen
gehörte strenggenommen nicht zu ihren
natürlichen Gaben. Man mußte ihr ablauschen
das Gesagte in der Höhle des Satzes, in seiner

äußersten Zurückgezogenheit, wo es wie nicht
gesagt überleben wollte – genährt von der
Hoffnung jedoch, *einmal* raumgreifend,
bei hochgeworfenen Armen, in jedes Gefüge
hinein, es sprengend, ausgerufen zu werden!
Nie war so unwiderstehlich der Reiz, eine
vollkommen Fremde zu berühren. Kein
Zweifel war, daß *dieser Körper da* von Berührung
vollkommen unberührt bliebe.
Sie sagte: «Wenn du krank bist, sitzt auch du den
ganzen Tag in deinem Zimmer herum ...»

Das Hand-, Knie-, Lidzittern, einzige Bewegung
an dieser starren Errichtung aus Fleisch und
Knochen. Das gemauerte Harren. Dastehen
stehenssatt.
Leiblich, gesichtig, händlich schmal und schmaler
werdend beim Nicht-wissen-wohin. Am ganzen
Leib immer schärfer, enger, notgedrungener:
stehenbleiben.

Die Seele, in ihrer alten Kuhle aufgestöbert von
einem wirren Gestänge silberner Mikrofone,
wird die Form eines Rachevogels annehmen und
die Gespenster der Freiheit verscheuchen.

Ein finster zu allem entschlossener Mann schleift hinkend an seinem rechten Bein ein Nervenbündel von leichtbekleideter Frau, die seine Fesseln umklammert, von rechts nach links über die Bühne.
Eine finster zu allem entschlossene junge Frau schleift hinkend ein zitterndes Greislein, das an ihrer rechten Wade hängt, von links nach rechts über die Bühne.

Das *Eroton* ist ein Strahlungsteilchen, das nur «in Beziehung zu» existiert. Hier zum Beispiel haben wir die unbestimmbare Frau, einen Fall von klassischer Unbestimmbarkeit. Gesicht, Figur, Person sind instabil, sie entstehen in Wechselwirkung mit dem Erwählten jeweils neu. Die Anziehungskraft errechnet sich aus Drang mal Drehung mal Drohung.

Geben wir's nur zu! Wir werden unseren Verstand an das Netzwerk Hirn verlieren. Und zwar indem wir die Fähigkeit erwerben, über Millionen Synapsen einen einzigen aufsteigenden Gedanken zu verfolgen. Doch ich nehme an, daß am Ende niemand mehr weiß: Wie kam der Braunbär in den Kassenraum?

Die Menschen treten aus dem Hintergrund, wo sie so lange unerkannt im Dunklen lebten, auf die weite leere Bühne hinaus. Sie handeln nicht, es genügt ihnen, ins Freie zu treten, ins breite Licht. Männer und Frauen, Alte, Junge, Zwischendinger, Häute, weiße verschwitzte verschmutzte, fettige, schorfige und schartige – von Entbehrung hart, von Sorge mager das Gesicht, offen und furchtlos, ziehen sie zögernd vor zum Proszenium, wo sie erwartet der törichte Riese. Einen Rosenkranz von knöchernen Menschenschädeln perlt er durch seine knüppeldicken Finger.

Er grunzt und spricht: «Seht, es verwickeln sich heillos die geistigen Fäden, an denen ihr bewegt werdet, je länger der Abstand zwischen meiner Hünenhöhe und euren bodennahen Zappeleien wird. Wissende seid ihr nur dort, wo der Spieler, euer Zieh-Vater, euch geschickt und straff an seinen Strippen bewegt. Wenn er die Puppen tanzen läßt, das ist euer Schlaf. Dann tanzt euer Hirn durch Nacht und Traum bis in den frühen Morgen. Doch jedesmal kommt das böse Erwachen: Ausgesetzt seid ihr auf der kahlen kalten Bühne, habt keinen Text und keine Rolle, dafür aber einen wie mich, der euch am Ende eisern in die Arme schließt.»

Acht

Ihre beständige Angst, Opfer eines Mißverständnisses zu werden. Jener Mann drüben auf der anderen Straßenseite an seinem Fenster muß sie längst entdeckt haben. Natürlich denkt er, sie spähe ihn aus, blicke ihm hinter die Gardinen, wie er da am Fenster steht, um sein Leben irgendwie auszuhalten. Genau wie sie selbst unaufhörlich am Fenster stehen bleiben muß. Denn nur hier heißt «Stranden einfahren die Ernte ... *Is shipwrack then a harvest*» (Gerald Manley Hopkins).

Public viewing: Ein verschwindend kleiner Fanhaufe verfolgte auf einer Videowand den Zusammenschnitt ritueller Freundschaftsgesten, die im Vollzug harter Fußballkämpfe, meist sehr flüchtig, ausgetauscht wurden. Die Hand im Nacken des Gegners. Die kurze Umarmung, dem Gestürzten in Andeutung aufhelfen nach einem Foul, der knappe Handschlag, der Trikottausch, das kurze Anlehnen des Kopfs an der Schulter des Gegners, nur das Versöhnliche im Verlauf erbitterter Kämpfe.

Das absaugende Prinzip, Charybdis, wo nicht überall! Es sprudelt und gurgelt aus irgendeiner Stille heraus, unvermutet, unterm Fels des felsenfesten Glaubens bricht es hervor, Gestaltlosigkeit als das Ungeheuer über allen anderen, der Strudel, der Sauger, der Schlürfschlund, der nach Formen giert und jede Form verschlingt.

Niemand weiß, wie weit die Menge reicht und wo die Unmenge beginnt.

Wer gibt sich schon Rechenschaft, in welchem Maß er ein Verkleinerungsgewinnler ist?
Wer hindert sein Herz am downsizing der Erfahrungen, die es eigentlich überwältigen müßten? Wer lebt nicht von der Rendite dessen, was er unterließ?
Der Mangel an Erschütterbarkeit macht das Individuum dem Laubfrosch gleich. Und wär's auch ein in den Laubfrosch verhexter Programmierer mit unzähligen digitalen Stoßdämpfern in Augen, Fingerspitzen und Fußsohlen, gewebeverstärkten Zellverbänden, reißfesten Aramidfasern in der Haut und in bruchsicheres Titan gehüllten Knochen. Er kann nicht jauchzen und nicht schauen.

Alles Neue zieht ihn an beiden Ohren. Er redet viel Schongeredetes. Es ist ihm aber eine Hütte aus Altsprache geblieben, in der er sich geborgen fühlt, denn sie ist so klein, daß sie allein sein Herz beherbergt.

Er suchte ein so tiefes Anlehnen, wie kein Sessel, kein Türpfosten und kein anderer Mensch es ihm gewähren konnte.

Das Jetzt ist roh. Erst den gut abgehangenen Tag möchte man kosten.

Domenico de Michelinos Dante im langen altrosa Gewand, die rechte Hand weist den Weg, die linke hält auf Brusthöhe die aufgeschlagene «Commedia». Das Jenseits der Schriftsteller: Sie stehen am Weg der sich hinschleppenden Seelen, jeder hält sein aufgeschlagenes Hauptwerk vor die Brust wie die Zeugen Jehovas ihren «Wachtturm».

Der Pulk Abwärtsgehender, die sich durchmischen, indem einer zum anderen wechselt wie Schüler auf einem Wandertag. Die Kinder gingen abwärts über in ihr Heranwachsen. Die Heranwachsenden gingen abwärts über in das Erlernen von Tätigkeiten. Die Tätigen gingen abwärts über in ein Siedeln der Erfahrung. Die Erfahrenen gingen abwärts über in die fruchtlose Enttäuschung über den Weg, den sie gekommen waren. Immer feiner entsetzt, immer stiller verwundert, gingen die Enttäuschten abwärts über in die reine Unwissenheit. Damit begann nun endlich ihr langsamer Aufstieg.

Einer wie Joseph Conrads Almayer, der jeden Morgen darauf hofft, daß spätestens am Abend endlich das Vergessen eintrifft. Als wär's ein Bote, der sich ankündigt und dann nicht kommt, um eine Nachricht zu bringen, welche sämtliche gespeicherten Nachrichten – jegliche Erinnerung – unwiderruflich löscht. Ah, diese schließlich ausbleibende Stunde, die einmal so unausbleiblich schien. «Denn da unser Geist sich dem Gegenstande seiner Sehnsucht naht (Himmel), vertieft er sich so, daß ihm das Gedächtnis nicht mehr folgen kann» (Dante). Memoria erlischt; man kann sich nicht erinnern, wenn man zu hell geschaut hat.

Lauter intelligente Burschen riegeln rings die Welt ab. Wo sollen denn Phantast, Archaiker und Träumer den cordon sanitaire *uneinsichtiger*

Vernunft durchbrechen, der den Tag vor den
Infektionen der Nacht abschirmt?
Wir müssen Verwirrung stiften wie einst die
Dichter das Bleibende.

Ich kenne keinen Punkt, der nicht noch kleiner sein könnte.
Das gilt zuvörderst für den Standpunkt. Daneben aber auch für den Drehpunkt, den Schwerpunkt, den Fuß- oder Angelpunkt, den Mittel- und den Schlußpunkt, und sogar für den springenden gilt es. Denn selbst der Punkt, in dem ein ganzer schwerer Mensch gerade steht und an seinen Schultern hängt wie ein Mantel am Kleiderbügel, wird sich eines Tages aus seinem Kraftfeld stehlen, um sich mit sämtlichen anderen zum Fluchtpunkt aller Materie zu vereinen.

Die Nachbarin läßt wissen: «In meinen Lebenshilfebüchern, von denen ich in allen Lebenslagen eine ganze Menge las, stieß ich einige Male auf den Namen Nietzsche. Friedrich. Und alles, was ich da las, ließ mich aufhorchen. Das muß ein steiler Mensch gewesen sein. Immer nur Wasser getrunken und unter dem Dasein gekeucht. Wasser getrunken und den Alkoholiker Jesus Christus angepöbelt. Aber dann plötzlich vorgestoßen, sich ins Zeug gelegt, etwas völlig Umwerfendes abgesondert. Ich las, das gesamte zwanzigste Jahrhundert habe ihm zu Füßen gelegen. Und er hat sie alle unter seiner Fuchtel gehabt. Der Fritz muß im 20. so was gewesen sein wie, sagen wir, Ingo Brettschneider heutzutage.»

Neun

Die Ankommende sang. Sie zog mit ihrem Rad auf der regennassen Pflasterstraße den Hügel hinan zum Kirchplatz. Unsichtbar kam sie zurück – nur noch Lied war sie, betörend vom leeren Rad in die Stadt hinuntergetragen. Ein Fahrtwind streifte die Leute – doch die Ankommende ward nie wieder gesehen.

Vieles zu sagen schwer mir fällt. Nicht gut. Ich meine: Vieles fällt mir schwer zu sagen. Nicht gut. Ich will sagen: Es fällt mir vieles zu sagen schwer. Nicht gut. Ich will sagen: Vieles,was ich sagen will, fällt mir schwer. Ich krieg's nicht hin.

Das hohe Bewußtsein braucht wen. Herrenlos streunt es über Land und ruft viele mögliche Empfänger an, in denen es zu sich kommen, Fragment werden will.

Es fällt gebündelt das Licht durch die Kuppelöffnung, Opaion, und einer steht allein am Fuß des Strahlenkreises. Er berichtet aus der Niederlassung des Lichts, meldet hinauf zur Zentrale. Eben war die Rede vom Selbstmord eines Mädchens, dem ein König mit der Sandale ins Gesicht schlug.

«Das bist du nicht», dachte jemand bei jedem falschen Schritt. Immerzu dachte er an sein Fehlgehen beim Fehlgehen. Niemand, der rechtgeht, denkt dabei an sein Rechtgehen. Es wäre sein erster Fehltritt.

Der Morgen weiß voraus. Der Abend weiß.

Wissen zu ahnen. Reden zu summen. Sehen zu schauen.

Immer tiefer, immer unduldsamer ... so daß er leise, doch immer heftiger auf den Rand des Tischs die Fingerknöchel klopft, etwas durchzusetzen, von dem noch nicht bekannt, was es sein soll. Reine Willensbekundung. Klopft

den Rhythmus vor, den maßgebenden, schönen
Rhythmus, den Menschen in ihrer ärgsten
Verlegenheit um Sprache, die ausbleibt, einsetzen,
um sie herbeizulocken.

Man reicht nicht bis hin. Man langt und langt,
man dehnt und streckt sich aus sein Lebtag –
und reicht nicht bis hin.

Ein Dichter wie ein betrunkener Nachtwächter,
der zwischen Engel und Komödiant, sie beständig
verwechselnd, hin- und herläuft und jedem eine
ihm selbst unverständliche Botschaft vom anderen
überbringt.

Du bist es! Du heißt Mittag. Du fließt mit
dem Wind und beugst das hohe Gras. Was am
schwersten wiegt, bewegt dich: Anmut.

Die wilden Rosen öffnen ihre rosaroten
Schandmäuler.
Lilli im Lande der Verwachsenen!
Was von fern wie Masken schien, waren aus
der Nähe verbildete, strapazierte Gesichter,
schnabelhafte Oberlippen, gußeisern

verschlossene Lider, aber ein zum Jubelgesang weit aufgerissener Mund. Schöne Masken, schrie verzweifelt Lilli, seid erfinderisch! Werdet wieder offene sprechende Gesichter!
(Und dann: Welche Hände sollten denn zu diesen überformten, vollgepackten Gesichtsflächen passen?) Was wird aus den eisenschweren Gesichtern, wenn ihre Träger stehen und unter sich blicken? Wie Möbelpacker werden sie sich krümmen unter ihrer Antlitzlast!

Man war doch sein Lebtag im Ausweglosen unterwegs.

Vor dem vollendeten Kunstwerk wird das Unendliche nichtssagend.

Da ihr an der Stelle des Kopfs ein Bienenkorb saß zur Mitte der Schultern – solch ein geordnetes Scheiden von drinnen und draußen! –, konnte sie, ohne Augen einzusetzen, ihre Herzensangelegenheiten regeln.

Die Anziehung zwischen zweien muß ihrem Dasein vorausgegangen sein.

Oh die vielen Angelegenheiten! Er suche das Eine
und Einzige, die Welt aber biete ihm unentwegt
nur das Viele und Vielverschiedene.
Ein Klausner, der Enge, Enges und immer
Engeres für sich beansprucht, der eine von der
erstickend *weiten* Welt ihn befreiende Beengung
sucht.

Dichter-Pflicht: Weite hervorzukehren aus all den
in die Enge gebrachten Sätzen. Goethe irgendwo:
«unzählige Erfahrungen ins Enge zu bringen».
So viele Jahre ins Enge weniger Seiten zu bringen!
Enge also: verdichten. Das Vielfache, auch das
Letzte in die Enge bringen.
«Ad augusta per angusta»: durch die Enge zum
Herrlichen – Claudel anläßlich Verlaine.

Und manchmal gehen wir richtig,
obgleich es mit uns keinerlei Richtigkeit hat.

Die Enttäuschten, wie ich sie meine, können
nicht die sein, die über ein Fußballspiel

ihrer Heimmannschaft enttäuscht sind. Die Enttäuschten sind enttäuscht vom Himmel, von der Schönheit, von der Existenz an sich. Von allem, was einst Denker, Priester, Künstler zu hoch gehängt haben. So ließ sich die Enttäuschung auch nicht auf ein vorangegangenes Sich-Täuschen zurückführen. Gemessen an ihren eingefleischten Begriffen von Himmel, Schönheit, Existenz blieben ihre Erfahrungen damit unbefriedigend.

Gesicht der Getäuschten, vom Voraussehen glatt und unbewegt. Harm-Kälte-Leere, hohe Stirn. Da sie ihm nachblickt, werden seine Schritte weiter, wie nur ein Betrügender geht von der Tanksäule zum Kassenraum. Ihr Blick durch eine mattgetönte Autoscheibe taucht einmal tief in ihrer beider Ende ein. Das Auge nimmt, fast unbegrenzt, neue Leere auf. Sie, einst leergeboren wie ein Krug, den man später oftmals randvoll füllte, bis er den kleinen Sprung bekam am Boden, durch den er stetig nur verlor, verrinnen ließ und nie mehr überfloß.

Zehn

Gäbe es für mich je ein Problem, würde ich sofort die Weltgemeinschaft um Rat fragen. Aber ich habe keine Probleme.

Alles, was sie verbindet, von Hügel zu Hügel, ist Symmetrie. Entfernt, über Flüsse, Länder, Meere hinweg, leben zwei, sie und er, jeder für sich, ein Leben der gleichen Verrichtungen, der gleichen Gänge und Handgriffe, Gewohnheiten und Zeiteinteilungen.

Hier sollen Menschen noch wie Fenster sein, die weit offenstehen, durch die der Märzwind fließt, die klammen Kleider lüftend. Doch andere Fenster werden immer dunkel bleiben und den Tag abwehren, wie es im Haus des alten Eiferers zu sein pflegt.

Kaum daß sie nackt war, sich ausgezogen hatte,
vor dem Zubettgehen, vorm Spiegel oder auf
der Waage, entstieg ihrer Haut ein Wrasen,
verhüllte ihren Körper ein wattedichter Nebel,
und er verhüllte sie vollständig. Eine Anomalie,
ein Atavismus, gleichsam von Urmutter Venus
eine spätmenschliche Abart: umgürtet mit Nebel,
circumdata nimbo, schritt sie, fast unsichtbar, zur
Liebe.

Das Mädchen mit Milchtüte und Trinkhalm
bleibt stehen am Feldrand vor einem großen
Findling, auf den eine geschlossene Tür gemalt
ist. Sie saugt und staunt. Fragt nach dem Sinn des
Abbilds. Noch nicht gesehen,was? Geschlossene
Tür, Scheintür, auf geschlossenem Stein.
Ihr hagerer Begleiter beugt sich über ihre Schulter
und saugt durch einen grünen Flexhalm,
der fingertief in ihrem Rücken steckt, warmes
Blut aus dem trinkenden Mädchen.

Ein Schock, nicht fern von Todesangst,
als ihm gewiß wurde, daß da niemand mehr
war in seinem Rücken, der ihn zurückhalten
konnte ... Oh halte mich zurück! ... Die vielen
Male, da jemand in seinem Rücken stand,
um ihn zurückzuhalten vor dem nächsten,
dem verhängnisvollen Schritt, dem schlimmsten!

Laut hinauf in die Luft rufen, den Kopf in den
Nacken gehoben, um im fernen Meran den
verfänglichen Plausch der Geliebten mit dem
Pianisten zu unterbrechen. Freilich nur der
drangvollsten Botschaft gelingt es, auf der Liebe
und des Äthers Wellen solche Entfernung zu
überwinden.
(Die neue Luft, die in einem unerhörten
aerophysikalischen Großprojekt gegen die alte
ausgetauscht worden war, übertrug den Schall
der nackten Stimme direkt zu der ausgerufenen
Person. Sie ermöglichte selbst über kontinentale
Entfernungen ein sehr intimes Geflüster.)

Sie sagt: «Ich fürchte ständig, etwas Unüberlegtes
zu tun. Oder soeben getan zu haben. Oder daß
mir etwas Unüberlegtes durch den Kopf schießt.»
Verfrüht! Treppauf, treppab. Eine, die immer zu
früh kommt, wenn sie kommt.
Auf dem Bahnhof, im Wartezimmer, bei einer
Abendeinladung – und immer dies viele Verweilen,
auf und ab in Wenden steigen, in Treppenhäusern,
bevor die Ämter öffnen.
Die Geschäfte öffnen erst um zehn! «Ich bin zu
früh! Viel zu früh!»
Geplagt, es unterzuverstehen: das städtische Wort
in der Stadt, gehechelt, gehäckselt, geschreddert.
Gezwungen, dies und das vom Boden aufzulesen,
das zu betrachten sich vielleicht lohnt, auch
wenn keine genaue Bezeichnung bekannt, ein

Rohding, ein Wurfeck, ein Schiebzeug. Streu
von Unverwendbarem. Dafür städtisch einige
atemberaubende Affären, viel gewollt und
verweigert, viel gelobt und gestritten. Hingegen:
nie Wärme vom Klee. Ihre Unkenntnis, wann
die Ähre unter dem Himmel reif, wann gemäht
und geschobert, und die Nester der Kiebitze
im Feld nie gesehen, das Halmgarn und die
Kuckucksspucke. Dafür anschwellend das laute
Summen der Parzen, vordringlich Atropos,
die ihre Schere an den Faden der ... gottlob,
erst mal nur an den Faden der Erinnerung setzt.

Tag um Tag sinkt erschöpft in ihre Arme.
Wie denn? Das kann doch nicht alles gewesen
sein vom heutigen Licht?
Unaufhaltsam dunkelt ihr Gesicht, da wieder
einmal die Lampe des Unerwarteten sie nicht
entdeckte. Dunkelt wie ein altes Gemälde,
bis es endlich unter dem Firnis verschwunden
ist und nichts von diesem Menschen bleibt als
das Bewußtsein, niemals gesehen worden zu sein.

«... und selbst in der Einsamkeit des geblendeten Zeugens verlor er sie nicht. Inmitten der großen Stadt, in der einst so viel gesehen wurde und so viel nur einmal erlebt, als die Zeit dem Staub noch günstig war ...»
Hingestreckt auf breitem Sofa, mit angezogenen Beinen, den Blick ins Leere gerichtet, in ihrem alten steingrauen Kostüm, Zeigefinger noch immer im Buch, an besagter Stelle, «verlor er sie nicht ...» Das Zimmer stand offen zum Balkon, und ihre Kinder hingen über der Brüstung, die hinteren über die Schulter der vorderen sich hebend, um einen Blick in die Tiefe zu erhaschen. Sie aber, die auf dem Sofa lagerte in seidenen Strümpfen ohne Schuh, war nicht aufgesprungen, drückte den Finger ins Buch, in ein trockenes, lebensdurstiges Stück Millefeuille, Schichten ineinander verwachsener Blätter, nicht mehr aufzuschlagen, verfilztes Buch.
Vielleicht gab es einen Umzug auf der Straße, der sie nichts anging. Oder es verlangte jemand, vielleicht ein vordem ihr zugehöriger Mensch, von der Straße herauf heftig, daß sie endlich auf den Balkon trete und sich zu ihm über die Brüstung beuge, doch ihre Kinder schirmten sie ab gegen dies Schmachten aus der Straßenkluft.

Elf

Wir sollen uns nicht ändern, wir sollen nur umschöpfen: Mit den Händen eine Kelle formen, unseren Hirnglibber ausheben und in die digitale Schale betten. Wir sollen nur umgefüllt werden.

Irgendwo las der Philosoph die drei Wörter: Ich. Hier. Jetzt. Und er wurde zum Herrn über die verrückten Phänomene. Der Mystiker hingegen bemerkte, er wäre erst vom Dasein überzeugt, wenn zuträfe: Ich hier, aber nicht jetzt.

Es geht nicht darum, irgend etwas durchzusetzen.
Es geht darum, ohnmächtig zu werden.
Man muß auf das Wunder der Erschöpfung vertrauen.

Auf einer Art metaphysischem Zwischendeck, einer steifen schwebenden Matte, lagen jene beieinander, die von den Martern des Bewußtseins erlöst waren, aber keineswegs tot. Sie waren die *Postcognitions* (in Anlehnung an die *Precognitions*, die Vorherseher, in Spielbergs «Minority Report»). Sie aber ruhten aus von ihrem Bewußtsein und allem, was sie hinter sich hatten. Geborgen lagen sie in der Hülle des Präteritums, alles lag weit zurück, auch jeder weitere Gedanke kam ihnen als ein Wesen «nach dem Erkennen» und zündete nicht.

Was menschlichem Körper an Flügen mißlang, gescheitert schlug's aus als Flügelstummel an Schultern, Beinen und Rücken, kleine Auswüchse ewiger Flugunfähigkeit. Fiedrige Händchen, die dicht an dicht panisch zu flattern begannen, als gerieten sie schon bei geringster Fortbewegung des Körpers in Furcht und Zittern vor einem erneuten Aufstiegversuch und seinem todsicheren Mißlingen. Sie erregten sich wie ein überfüllter Schwarm, in dem jeder einzelne Vogel im Flügeldickicht aller hängenzubleiben droht.

Und du bliebst Franz Adelos (ἄδηλος), d. i. der Ungewisse und der Undeutliche. Ist aber Undeutlichkeit nicht (nach Protagoras) die Sphäre der Götter? Was nimmst du dir heraus?!

Die langsam Zerbrechenden suchen insgeheim nach ihren endgültigen Zerbrechern. Nach den für sie zuständigen … Letztzuständigen. Die Zerbrecher selbst geben sich aber nicht leicht zu erkennen, sie sind nicht so schnell ausfindig zu machen. Völlig unerwartet, urplötzlich scheren sie aus dem Tritt unbekannter Passanten, greifen dich und zerbrechen dich vollständig.

Er möchte unentwegt etwas sortieren. Aber er erkennt nur Unsortierbares.
Betrunken ist, wer sich stumm auf eine Stuhllehne stützt, die leere Sitzfläche anstarrt und sich von Zeit zu Zeit am Ellbogen kratzt.
Betrunken ist, wer sich in der Haltung eines Unbetrunkenen versteckt und sich darin über einen Zeitraum nicht rührt, in dem jeder Nüchterne schon dreimal eine andere eingenommen hätte.

Welch ein Stehenbleiben! Wie verwirrt einen doch, beim Namen gerufen zu werden, ohne daß ein weiteres Anliegen oder Befehlen erfolgt! Das ist unter Menschen häufig: angerufen sein ohne Weisung. Also *auf*-gerufen nur! Nichts als beim Namen genannt. Nichts als beim Namen genannt. Daraus steigt der Wirbel der Angst.

Die meisten verbringen ihr Leben nicht so *rounded with a sleep*, daß sie daraus «erweckt» werden könnten. Sie sind andauernd zu bescheiden wach, um richtig geweckt zu werden. Auch würden sie ein anrufendes Rufen unter den vielen Geräuschen, die sie im Halbwachen ablenken und beschäftigen, gar nicht bemerken.

«Die Zeit der Gedanken ist vorbei». Die Zeit von was nicht alles ist vorbei! Die Zeit der Zeit wird auch bald vorbei sein. Oh – als man sie noch kommen und gehen fühlte! Welch eine Allesbeherrscherin war sie doch. Wie konnte es geschehen, daß sie jede Macht einbüßte und abdankte? Dafür kam die billige ewige Weile, die untertänige.

Man besteht nur aus Andeutung, man entfaltet ein Übermaß an Andeutungen, man kommt über Andeutungen nicht hinaus. Der ganze sprechende Mensch wird zuletzt nicht mehr als eine Andeutung gewesen sein.

Es ist der mythische Trotz eines Mannes – eines Mannes? Nein, eines mit kleinem Namen Benannten, nicht einsehen zu wollen, daß die

Trennung von Himmel und Erde keineswegs ursprünglich auf eine Sphärendriftung zurückzuführen ist, vor deren Eintritt sie zusammenhingen wie Gondwana.
Ihn, den mit kleinem Namen Benannten, zwingt es, innen als rastloser Binder und Einer zu wirken; es ist, als führten in seiner Seele Heerscharen von Nähern und Näherinnen die Nadel an der Kimm zwischen Jetzt und Nu auf und ab.

Ein Nichtsterbenkönnender spricht, ein Athanatoider, das neueste Ungetüm aus dem medizinisch-technischen Komplex, Gezücht des unvergänglichen Vergehens:
«Ich lag wach in der Nacht und sah, daß der Himmel keine Sterne und die Erde keine Wege mehr hatte, keine Saat ging mehr auf, kein Blattgrün kam im Frühling. Es waren überall nur Drähte gezogen, alle Strahlen waren zu feinen Drähten geworden, Erde und Himmel waren ein dick gepacktes, undurchdringliches Gespinst von metallischen Strängen. Die Drähte glitzerten tags von Myriaden winziger elektrischer Sprünge, und nachts leuchtete der Horizont mit der Kälte von Elfenbein oder so, als wäre der Mond in ein grenzenloses Gehänge von Adern und Kapillaren auseinandergeflossen. Es kam kein Licht mehr, nur noch der schummerige Aussatz eines falschen Gestirns in wirrer Verästelung.»

Der Mann, der, unter die ihrerseits geduckte Lampe geduckt, den Rausch seiner Kenntnisse und Spitzennennungen genießt, kaum daß er vom Tisch aufsteht und einen Besucher einläßt, zittert vor Unkenntnissen und spürt, wie in seinem Geist tausend Wissenslücken auf einmal klaffen. Das Gespräch verstört sein Datennetz. Die Augen, die sich auf ihn richten, wirken wie biochemische Hemmer und Unterbinder. Zeichen haben keine Augen, er schämt sich nicht vor ihnen. Vor jedem anderen Menschen aber erliegt sein System unzähligen Störfaktoren.

Der Drang, das Richtige richtig zu nennen, wenn er nicht freie Bahn bekommt, zeichnet eine seltsame Miene der Verlorenheit in sein Gesicht. Es scheint in verzerrter Form etwas auf, das an die frühe, erste Lust der Empörung erinnert, wenn das kleine Kind entdeckt: Es ist alles schon da, und nur ich selbst bin hinzugekommen. Die Welt ist fertig, der Menschen Zeug ist komplett, und nur ich rackere mich ab mit dem elenden Werden!

Das Auge der Geringschätzung, der arme Schein einer notdürftigen Überheblichkeit richtete sich auf und traf ihn matt. Wenn es wenigstens auf ihm geruht hätte, wenn ihn Verachtung wenigstens gestreift hätte! Nein, es fiel wie ein lasches, graues Herbstblatt, dies kleine Auge, auf ihn.

Zwölf

Da sie von Zorn erfüllt ist von Kopf bis Fuß, da Zorn ihre größere Leidenschaft ist, nicht kleinlicher Ingrimm, sondern unbeugsam-heiliger Zorn, wird sie in seinen Armen, da niemand wüßte, wie Zorn beim Lieben mitmachen könnte, die Zähne auf die Unterlippe beißen, den Kopf zur Seite wenden und leise den Zorn, der sich kaum zügeln läßt oder gar von Lust ins Geschirr nehmen, bitten, sich für später zu sparen, sich ein wenig in Geduld zu üben.

Den Kummer etwas sagen zu lassen ist beinahe wie ein Pferd zum Sprechen zu bringen. Der Kummer stottert, brüllt und murmelt nicht. Er liegt wie eine feuerfeste Kastanie zwischen den Aschehügeln. Der Kummer macht die Worte alt. Sie sollen nur: ‹in der Esse rollen›. Die Sprache hat ihn zu ertragen, nicht er auch noch sie.

Widerwille übertrifft Willen. Widerwille besitzt keinen.

Die Sprache des Sprechenden horcht ihn aus.

Der Vogel mit dem Urdoppelschlag des Einst:
Was einst war, wird einst sein.

Es ist mein täglich Ungenügen, daß ich ahne,
wie man mit *diesen selben Worten* eine ganz andere
Sprache spricht.

Vorbei, daß es war, wie es war. Der Lilienton
unendlich reiner Zeit: nie.

Wenn aber der Weg des Menschen wäre, daß
er einen langen, langen Korridor von einem
Entlastungs-Amt zum nächsten schritte, um
schließlich ganz und gar unbeschwert ins
Freie zu treten, bewußtlos und schön und
menschenähnlich auf eine Weise, daß weder
Hund noch Katze ihn für den alten Adam hielten?

Die Mütter lehnen sich «an den Kalk der Mauern und sehen die Tage verstreichen» (Eugenio de Andrade) – und darüber werden sie zu Müttern jedweder Weile.

Jeden Tag entfällt man einem höheren Dasein,
erwacht und versucht mit Hilfe der Kunst
zu begreifen, was das war, diese schmerzlich
narrende Welt, die höhere, die ergreift, erhebt
und wieder verwirft, so daß wir beschädigt sind
und vollkommen durcheinander: Der Zärtliche
läßt Köpfe rollen. Der Menschenfischer erschlägt
seine zappelnde Beute. Der Blaubart wird ein
militanter Keuscher.

Je bricht Jetzt. Einkehr bei solchen Worten,
die seit je gesagt worden sind. «Ja, wir sind froh»,
und: «Du tust mir weh». Beides wurde Stimme
in ihm, stark empfunden, obgleich er über Jahre
niemanden es hatte sagen hören.
Das alte Enden. Einkehr bei solchen Worten,
die seit je gesagt worden sind. Einkehr in das alte
Enden.

Ob sie es war, aller Wesen Sonne, die im
November so niedrig zu mir kam und das kleine
Kosemal austrieb auf meiner Stirn?

Ein Teil von uns ist das Rätsel, ein Teil sind die Gründe, ein Teil das Verdammte. Doch nur das an dir Verurteilte spricht.

Inmitten des dichten Zeitvertreibs das schiere dunkle Momentane: den Fluch erkennen, indem vom Fluch getroffen.

Er scheue sich, zu nah an jemanden heranzutreten. Ein Eishauch könnte seiner Brust entweichen und den anderen erstarren lassen.

Und wie er feine Worte spricht in seine Hände vorm Gesicht, denn sie riechen ja nach Öl und Leder, und ohne diesen Duft zu atmen, kämen ihm die feinen Worte nicht, die gleichwohl niemand hören kann hinter den vorgehaltenen Händen.

Die hundert Argus-Augen, die Hera vom Riesen auf den Pfau übertrug, kann man nacheinander entwerten wie hundert Tan-Nummern, um Einblick in den geheimen Liebesverrat zu erlangen. Irgendwann sind alle Augenpaare verbraucht, und es lassen sich keine neuen bestellen. Der Betrug wird nie wieder entdeckt.

Memorino, Gedächtnisfratz, und Nemorino, Niemandlein – zwei, die allein sind miteinander, was müßten sie sich sein!

Sie sagt: «Ich bin aus einem Stück, sieh her. Doch wenn's zu Boden fällt, zerspringt's in tausend Teile. Die meisten haben irgendwo 'ne Naht und fallen in zwei Hälften auseinander, die man mit etwas Glück auch wieder fügen kann.»

Die halb entblößte Schulter der älteren Frau, weibliche Version des hl. Antonius, die ich wieder und wieder umkreise. Vor ihrer Bücher-Grotte, auf kargem Felsvorsprung. Ihr Ziel: den Ring des Wissens zu brechen wie Prospero seinen Zauberstab.

Der Zauberer, der seine Kräfte verlor, darüber aber nicht greint, nicht dagegen ankämpft, sich nicht übertreibt, sondern seine Sachen schnürt, sich umzieht, im Abschließen und Aufhören seine schönste Gebärde zeigt. Der das Aufhören *kann*.

An Freudenkränzen um die Stirn der Tänzer zerrt
das Meer, das weicht. Es zieht an jedem Reif und
bricht den Ring.

Die flammenfarbenen Pagoden der uralten
Rot-(nicht Blut-)Buchen im herbstlichen Wald.
Rotgelb ihr Laub wie das Herz des offenen Feuers.
Denkbar ist etwas nur noch nahe der Lohe.
Sprache gilt nur, wo sie glüht wie feuriges Eisen
kurz vor der Schmelze.

Über der Fensterscheibe des aufgegebenen
Bäckerladens stand noch im Sommer in
einer Schrift, die dünnen gefrorenen Schnee
nachahmte: Sylvester-Gebäck! Von der Markise,
die sich aus der Halterung gelöst hatte und
schlaff herabhing, waren aus Übermut in die Luft
geworfene Sektflaschen aufgefangen worden, und,
wie unerklärlich, sie standen aufrecht auf dem
schiefen Tuch.

Man könnte *jetzt* über beinah alles abschließend
sprechen.

Fasrige Wolken, weiße Ränder um zwei blaue Löcher, Augen eines Lesers mit Pincenez: Ein Herr mit Kneifer liest uns aus den Wolken.

Das Land glüht wie ein Kelch, dem die Austeilung versagt wurde. Das Walnußlaub verrennt sich in ein Quittengelb, die Blätter des Pfaffenhütchens verrosten wie vom Zehrwurm befallen. Rost und Bleiche, Blässe einer alten Hundeschnauze ... Verdorren, Dürsten, Dürren. Hitzeödeme. Aridus, exsucus – ausgetrocknet, ausgelaugt. Annus sitiens, darbendes Jahr. Dürrbrandige Felder. Karbunkel, um sich fressende Schwäre, härtet, steift aus zu feuerrotem Karfunkel, stumpfem Rubin, der dich rasch fortnimmt aus der Dürre, fort aus dem Mensch, Tier und Gras magernden Mittag, der mit ihnen verendet.
Es ist die Plage der Dürre und der Trockenheit, die der Tod vorausschickt über den alten Menschen. So wie das Herz auskörnt in Floskeln, so starr sind auch die Redewendungen, so abgezählt die Seelenregungen. Die alte Mutter könnte, wenn sie jetzt vom Unglück ihres Sohns erführe, keine Träne mehr vergießen.

Der Wirtel, die Scheibe, auf der sich die Spindel dreht, enthält unser «werden» in seiner alten Bedeutung: sich drehen.
Seid Ihr nicht der Menschendreher?

Und seid dann auch dabei, wenn einer sich um und um dreht, bis er die richtige Lage zum Einschlafen findet, und auch, wenn er in seiner letzten Stunde sich wendet und dreht und *wird*, um sich end-gültig zu betten – gültig vor der ewigen Unbeweglichkeit.

Die Chiffre! Die Chiffre! Das fein und feiner Fortgeschriebene kommt nie ans Ziel ... Was gäbe man dafür, in die allesversammelnde Chiffre zu münden!
Um einen zitternden Minutenzeiger, der hängenblieb, kreisen die Sekunden, kreisen unaufhörlich, bis sie, des Zeigers Stottern in der Zeit überwindend, die Stunde erfüllt haben.

Man wies die beiden Scheidungswilligen in einem kleinen überfüllten Restaurant an einen sehr kleinen Tisch, so daß sie zu Akrobaten des Sortierens wurden, als sie versuchten, ihre Blätter, ihre Unterlagen – Erinnerungsstücke, Gesprächsprotokolle, Agenden, Memoranden, alles, was jeder über die vergangenen Jahre an Scheidungsmaterial gesammelt hatte – auszubreiten voreinander und noch einmal durchzugehen. Es fiel, verflog, versteckte sich, es wurde zusammengerafft, falsch gegriffen

und verwechselt, auf den Knien balanciert und unter dem Tisch abgelegt ... Wenn man bedenkt, wie viele Bedenken allein beim Bücken über einen kommen! ... Jedoch, wie schade! Trotz der sie hegenden Unordung fanden sie aus der Gottverlassenheit des Diskutierens und des Nachtarockens nicht mehr heraus!
Entsinnst du dich unserer frohen Ekstasen?
Was willst du mir sagen? Es waren nur kurze Phasen.
Das geköpfte Einst. Die Jakobinerin rechnet ab mit der süßen Zeit. Schafott Bett. Es war nie, was es hätte sein müssen. («Nur wer vor 1789 lebte, kennt die Süße des Lebens», Talleyrand.)
Das gnadenlose Erinnern, das weit entfernt vom Inneren stattfindet, Aggegrat der reinen Bosheit.

Daß dieser oder jene, wenn es zur Trennung kommt, wertvolle Erinnerungen mit sich nimmt, hat schon manchen gefuchst. Wie kann man dieser Person die Erinnerung rauben, die sie eingeheimst hat und bei sich bewahrt?
Ein neurochemisches Forschungsprojekt nennt sich «Klepto phos». Das Lichtstehlen.
Ein Nebenprodukt ist eine Handy-App, die durch einfachen Anruf bei der betreffenden Person Sondier-Strahlungen vornimmt und ausgesuchte Erinnerungszonen mit Dunkelstoffen «beschießt», also schwärzt. Damit ist das Zeitalter neurobiologischer Hacker-Attacken eröffnet.

Dreizehn

Des Menschen Vorstellung vom Menschen war
eben erst versunken. Schon erkundete das zarte
Unverständnis der Nachfahren diese Scherbe aus
dem Eremozoikum, als der Mensch noch das
einsame Geist-Wesen war vor der Inklusion der
Dinge.

Aber dieser Geleitete zu sein in den Gassen
abends, im Winter abwärts, hinunter zum
Hafen wie in Lissabon, San Francisco, wo noch?
Hinunter, die Stadt hinunterzugehen zum Meer,
wo noch? Genua! Aber dort überall war nicht
das Leben zu finden, das man aus den Werken
der Dichter, den Romanen und Briefen
kannte, unter Gasbeleuchtung geschrieben,
in unhygienischen Verhältnissen, von heute
vergessenem Lärm durchdrungen, war überall
nicht das Leben, das einem tiefer als das eigene
vertraut war, aus den ersten Jahren des Lesens.
War überall nur befremdliches Geräusch. Genua?
Oh nein.

Sie, die morgens aufwacht mit dem Gedanken an den Sohn.
Und dieser Gedanke weckt den Sohn tausend Kilometer entfernt von ihr. Und ohne ihr Erwachen würde er nicht geweckt und müßte verwahrlosen in seinem Schlaf. Ihr Nichterwachen, ein einziges Mal, verwürfe sein Leben mit allem, was war, wie einen Lumpen, liegengelassen vom Putztrupp, der vergaß, das Saallicht zu löschen.

Durst eines Erinnerungskranken, lechzend an der Tülle des Krugs, von der immer spärlicher die alten Stunden tropfen in seinen Mund.

Das sagenumwobene Schreiben von Gedichten ... So alt er wurde, studierte er von Mal zu Mal den Gesang eines Dreißigjährigen. Gebeugt über die ausgetrocknete Zisterne der Passion, muteten ihn die Lieder des jugendlichen Dichters an wie aufsteigende Wasser: von Kriegern zu hören, von Hirten, die weinen, von Königen, denen die Wege der Welt aus der Hand fressen wie gezähmte Schlangen. Das tiefe Erschrecken vor Gegenwart war es, das den jungen Dichter, selbst schon umzingelt von technischem Komfort, auf den Entsatz durch die Könige hoffen ließ. Mit keinem Wort seine Tage zu nennen war das strenge

Gebot, das er befolgte, niemals beim Namen sie zu rufen: Gegenwart, die er fürchtete als eine zeitgewordene Lernäische Hydra. Mit dem Feuer seiner Verse brannte er ohne Unterlaß die blutigen Stümpfe aus, auf denen ihr wieder und wieder die wendigen Köpfe nachwuchsen.

Und ich schmückte die Hochzeitskutsche, die zweispännige schwarze Kalesche, mit Frühlingsblumen mitten im Schnee und flocht den Hochzeitskranz der Braut, die ausblieb. Er ward nun an die Mähne geknüpft, zwischen die Ohren der Stute. Zwei graubraun gefleckte Pferde zogen den Wagen. Unterwegs auf der Eschenallee zur Kirche hielt das Auto der Postfrau, und sie übergab mir einen Brief. Vermutlich von der Braut, dachte ich, sah ihn aber nicht an. Ich wußte genug über ihr Ausbleiben. Ich fuhr allein im offenen blumenumkränzten Wagen durch den Winter. Es war meine Hochzeit, für den Bräutigam ganz allein, und anstelle der Braut trug sich das ganze Land in unschuldigem Weiß.

Gibt es nicht die feine und die grobe Zeit in ein und derselben Minute?

Wenn man bloß ißt und allein im hohlen Berg sitzt, ein Abgeschriebener, dann tönt man, und käme es bloß vom Klappern der Salatbestecke oder dem Anschlag der Zähne. Man hört, wie jeder Laut, der von einem ausgeht, seinen weiten Lauf nimmt. Ein Ton, der lange hallt, fängt an zu faulen, wie man von leblosem Fleisch sagt, und er beginnt zu stinken.
Es ist oft schwer mit anderen, weil man immer aus großer Entfernung zu ihnen stößt und sie von der langen Strecke nichts ahnen.

An diesem Tag zerbrach, was er anfaßte.
Die Türklinke brach ab, die Regenschirmspitze, der Heizungskörper, auf den er sich stützte. Der Telefonhörer zerbrach, das Thermometer, der Geländerlauf, der Teller, all das zerstörte seine Hand, sogar das Buch zerbrach im Bund ...
Da sah er, daß es lauter Rufe und Winke des Karfreitags waren, den er vergessen hatte. *Et velum templi scissum est medium.* Entzwei. Alles mitten entzwei.

Verlassenheit rüttelte ihn wach. Verlassenheit von allen guten Geistern. Selbst im Bett fühlte er sich verlassen vom Bett. Da machte er sich auf den Weg, am Waldsaum entlang, auf Händen und Füßen lief er und sah, daß er doppelt so schnell vorankam zu den schönen Terrassen, den steinernen Trögen und dem alten Brunnen im hängenden Garten über dem Meer, das Schöne zu sehen, von unten aufblickend immerzu wie ein Gürteltier, ohne Leute, allein auf allen vieren.

Gerät zufällig der vor kurzem aus finsterem Kerker Befreite vor ein grelles Licht, so beginnt er spontan aufs neue zu gestehen. Wo immer ihn etwas blendet, fühlt er die Folter nahe, und er wiederholt sein eingeübtes Bekennen. Unbewegt steht er wie ein bis zum Kinn Begrabener, reglos bis auf das schwache unruhige Auge, das in jedem, dem er ins Gesicht sieht, zuerst und immer ein Rudel Ungeheuer erkennt, das ihm auflauert.

Drei Floskeln des Schreckens, mehr gibt der Mann nicht von sich, sonst kein Wort. «Es war die Hölle» und «Nichts mehr zu machen» und «Komme, was da wolle». Drei Behauptungen mit gesenktem Haupt, sich selbst zunickend gen Erde. Ein einziger und abgeirrter Flüchtling, der die Strecke von Syrien nach Deutschland auf die beschwerlichste Weise zurückgelegt hatte, stand verloren wie ein Kaspar Hauser auf dem Golfplatz. Ein Zwanzigjähriger ohne Anhang, ohne Gruppe, ohne Notgemeinschaft. Er war schlank und hatte dunkelblondes Haar. Er sah in seiner abgründigen Vereinzelung nur immer unter sich, er blickte beständig zu Boden. Als würde sich zu seinen Füßen endlich der Weiser des einzig richtigen Wegs abzeichnen, den er in der Fremde einschlagen müsse, um zu seinem Leitstern, seinem Glück zurückzufinden, das ihm zu Hause das erste Mal so heftig, dann auf der Reise, selbst in Todesnot, immer tröstlich gewinkt und den weiteren Weg gewiesen hatte, das aber seltsamerweise seit der Nacht der heimlichen Grenzüberschreitung ihm mit keinerlei Ruf- oder Lockzeichen mehr beigestanden war.

Er habe, sagte dann der Junge auf englisch, zu Hause noch das altmodische Handwerk der Menschenkenntnis erlernt – und sei doch am Ende von Menschen getäuscht worden, die es weit subtiler beherrschten als er. Sie hätten wohl durch allerlei Umstände bemerkt, daß er die Gabe nicht besäße, sie als Halunken zu erkennen.

Zu gehen, dachte er, bringe Rat. Zu gehen aber immer tiefer ins Ratlose hinein, das erwartete er nicht. Dennoch mochte er nicht aufhören zu gehen und hoffte, seine Ratlosigkeit würde darüber die natürlichste Sache von der Welt.

Vierzehn

Das Verwischte-Verwehte-Verschleierte in den Äußerungen der Menschen nahm beängstigend zu. Ein flaches Glissando, so schnellte die Zunge über die Tasten der Worte hinab, und sie verloren darüber Klang und Sinn. Dann wieder machten die Sprecher umständlich viel zu viele Worte beim Versuch, sich über das Simpelste zu verständigen. Sie konnten nicht mehr an einem Gedanken festhalten, er rutschte ihnen aus der Fassung. Völlig Fernliegendes durchkreuzte einen naheliegenden Zusammenhang. Ein breiter Strom von Gemurmel erhob sich aus dem Untergrund und überschwemmte ihre Rede.

Doch hört man auch, wie eine sehr, sehr leise
Stimme es wieder und wieder versucht,
der zungenschnellen Gemeinschaft mit zwei,
drei schweren Sätzen zu widersprechen,
sie abzubremsen, immer in der Hoffnung,
daß eines Tages tatsächlich der Einhalt gelingt
und die Fontäne der blöden Gescheitheit jäh in
sich zusammensackt. Zum Erliegen kommt.
Der dichterisch Gefangene, einst der Deutsche
schlechthin, mußte die Chiffre ewig aufs neue

wählen, sie bestätigen, mußte sie auffüllen mit immer neuer Bedeutung, sobald sie sich wieder geleert hatte. Er mußte einsammeln und rückholen, was Sprache zu billig vergeben hatte. Der Alltag verlor seinen Namen aufgrund des täglich unter neuer Chiffre angerufenen Tags.

Der hohe und hohle Neu-Babylonische Turm, nicht rund, sondern eine vierkantige schwing-tolerante Stahlkonstruktion, die sich immerzu leicht schüttelt und die Menschen von der Straße absaugt, aufschlürft und in ein oberes Stockwerk schleust, jeden allein in eine Ecke quetscht, lauter Zieh- und Saugvorrichtungen sorgen dafür, daß das Individuum immerzu geschüttelt und gerüttelt wird, um es dann plötzlich wieder hinabsausen zu lassen und durch den Ausgang hinauszuwerfen. Danach sprechen alle ein und denselben Galimathias.

Die mit zwei Fingern schnalzende Schauspielerin der Sappho, die den leukalischen Felsen betrat, um in den Abgrund zu schauen, erhob, vom Ernst der Lage unberührt, den rechten Arm und legte, als ob sie ein himmlisches Wummern vernehme, mit Schulter und Hüfte einen Schüttel-Rhythmus vor. Der Regisseur erbleichte und verschluckte einen Fluch.
«Die Frau nimmt ihren Felssturz nicht ernst. Sie

wird aber wie Sappho in die Tiefe springen. Dem entkommt sie nicht.»

Das lichte Brot. Eine belegte Stulle, wer sie aufklappte, den traf ein gleißendes Strahlen.

Er verliebt sich in die besondere Abwesenheit eines Mädchens, das mit gesenktem Kopf auf sein iPhone sieht; er verliebt sich in ein abwesend blankes Gesicht, in ein aus jeder zwischengesichtlichen Sprache ausgeklinktes Antlitz, das so edel und leer ist wie das gewisser Bellini-Madonnen. Ihn zieht die Leere an.

Der Krieger, gewohnt, tiefe Verletzungen auszuhalten, glaubt am Ende, daß auch der Tod nur eine weitere Verletzung sei, eine Wunde, die dann anderswo heilt.

Mitten im Gewühl den Kopf überm Gewühl.

Verwechsle zur Not die dichte Menschenmenge auf dem Marktplatz mit der Menschenleere, die zu gleicher Zeit dort herrscht. Unterscheide aber den Raum, der sich mit Himmel füllt, zwischen zwei Menschen, die wie angewurzelt voreinander stehenbleiben.

Tendenzen, die das Intendierte, das längst eintraf, überdauern und beharrlich Tendenz bleiben.
Das Erwarten ändert der Eintritt des Erwarteten nicht.
Die Strahlung des Ankünftigen ist so stark, daß die erfolgte Ankunft nichts gegen sie ausrichtet.
Was geschieht, überwindet die Präliminarien des Geschehens nicht.

Von dem, der kommen wird, hieß es auf spanisch: Er breche (rompe) Menschen wie Blumen. Breche zuvor ihre Bilder, Metaphern, Allegorien. Tatsächlich findet er aber eine endlose Reihe Bettlägriger, die ihm, dem letzten Gehenden, die übelsten Verwünschungen nachrufen.

Bewußtseinsversuch und -tod.

Obgleich ein Mensch, den das Bewußtsein seiner selbst in tausend Splitter spaltete, nährte er unverdrossen die Illusion, den anderen ein anderer zu sein als ihm selbst bewußt.

Das Leeresausen, der Taumel, der Koller, der Panikschub, der Sturz ins Bodenlose.
«Ich habe mich lange genug mit dem Universum beschäftigt. Mir soll man nicht mit der Ewigkeit kommen!» Menschen, die ihre zentrale Gestimmtheit verloren – wie feuchte Musikinstrumente, die keine Stimmung mehr annehmen.

Das Amüsement, das aus der Tiefe kam.

Zeitlebens welch Mangel an Existenz! Viel herumgestanden, mehr erwartet.
Der lange Tisch mit dem kalten Buffet. Die wenigen Worte der Enttäuschung, die drei Männer wechselten, und wie ihnen, einem nach dem anderen, getrennt durch lange Pausen, die Teller zu Boden fielen.

Verführt von zu viel Überblick und Überblicken – das weite Meer, das weite Land, die weite Menschenmenge, die weite Zeit und schließlich die weite Wüste. Es ist nicht das Grenzenlose, sondern der nicht mehr scharfziehende Blick, das Verschwinden des Details, das die Ordnung des Unterscheidens zerstört. Das Grenzenlose selbst ist nicht zu sehen. Das Wort umschreibt das Ende des Sehens bei Einbruch von Tod und Nacht. Nur Aus und Vorbei sind wahrhaft grenzenlos.

Es muß eine Verlegenheit geben vor der Welt und die Stunde, da einer wegsieht unter den Sternen, da er die Hüfte verdreht und sich versteckt vor dem Schneefall und die Augen bedeckt mit der Hand seiner Klause. Denn ohne Verlegenheit gäbe es den Zufall des Jubels nicht, der einzeln aus Meeren, Völkern und Nächten plötzlich aufsteigt, und jenes Chaos der Dankbarkeit über der Erde.

Mit einem «Bitte, glauben Sie mir!» unterbrach sie ihre Erzählung nach beinah jedem fünften Satz, als ob sie ein inbrünstiges Geständnis ablegte, von dem ihr gutes Gewissen, ihr Ruf, ihr weiteres

Leben abhing. Dabei gab sie nur einen Bericht von der Einschulung ihres Jüngsten. «Wir beide waren die ersten, die die Aula betraten. Bitte, glauben Sie mir ... Heinz trug seine silbergrauen Jeans und einen olivgrünen Strickpulli mit V-Ausschnitt von der Oma.» Und dazu wieder flehentlich: «Bitte, glauben Sie mir! ... Heinz war der erste und einzige, der heftig in die Hände klatschte, als das Schulorchester auf dem Podium Platz nahm. Jetzt geht es los, sagte der Junge. Wir waren beide erleichtert ... Bitte, glauben Sie mir!» Im Grunde sprach sie nur aus, was im stillen jeder Erzähler jedem seiner Sätze einschreibt und vom Leser erfleht: Bitte glauben Sie mir!

Der Fortführer

Man ist Fort-Führer – oder es gibt einen gar nicht.

Der Dichter führt vorangegangene Dichter fort. Der Dichter führt aber auch Leser fort, entfernt sie aus ihren Umständen, Belangen und Geschäften.

Macht ist Vermächtnis. Es lebe die Herrschaft, die dies ausruft und befolgt.

Man stelle nicht die unmoralische Frage: Ach, was bedeutet denn Literatur heute noch? Stattdessen frage man sich: Was bedeutet denn eigentlich *heute* noch?

In der ersten Hälfte des 20. Jahrhunderts gab es in Literatur und Musik den Typus des «Spätromantikers», der, einer genuin deutschen Gestimmtheit verpflichtet, sie chromatisch differenziert fortführte. Solange eine Fortschrittsideologie auch in Kunst und Ästhetik tonangebend war, galt als Anachronist, Epigone, Nachtöner – ein Pfitzner, Elgar, Sibelius.

Im selben Augenblick lese ich in der französischen Ausgabe von Scott Fitzgeralds «Carnets» (die es auf deutsch bis heute leider nicht gibt): «Vous continuez comme si cette classe existait encore ...» (angeblich ein Auden-Zitat). Wir hätten auf

Keyserling und andere große Epik verzichten müssen, wenn sie dem Einwand des Zeitgemäßen sich gefügt hätten: Sie tun ja, als gäbe es diese Klasse noch ...

Ach, und Sie schreiben ja, als gäbe es keine Blogs ...

Erst im Zeitalter der sozialen Netzwerke gewinnt *asozial* neue Konturen.

Eine schöne Frau mit länglichem Gesicht, losen blonden Haaren, im Nacken mit Spange gefaßt, Brille auf der Nasenspitze, Perlen im Mundwinkel und am Nasenflügel, sitzt mit ihren beiden Kindern beim Italiener, das Gesicht beschienen vom Display, diskretes Rampenlicht, in dem sie simst und posted unentwegt, die Kinder auf ähnlichen Instrumenten ebenso. Gesenkte Köpfe. Juniorprofessorin der Kulturwissenschaft, die noch vor einer Stunde einen Vortrag hielt vor Erstsemestern, der schloß mit dem Satz: The future is wide open. Die Work-Life-Balance wird für Sie etwas ganz Natürliches sein.

«Sie sprechen Deutsch, als ob Sie mehrere Sprachen beherrschten?»

«Ich vermeide die deutsche Sprache um der besseren Verständigung willen.»

Weshalb sollte man annehmen, der Transport von kulturellen und geschichtlichen Gütern sei auf dem Strom der Zeit immer nur in einer Richtung, zur Mündung, unterwegs? Vielmehr bewegen wir uns unablässig stromaufwärts (schon um niemals zu münden in das flüsseauflösende Meer!). Bereits der Empfang solcher Güter macht uns zu den eifrigsten Konstrukteuren ihrer Herkunft. Wir tragen von der Gegenwart zurück in die vergangenen Vorgänge ihre Bedeutung. Die Späteren *machen* die Früheren. Ebenso transportiert jede persönliche Erinnerung Gegenwart in die Vergangenheit. Die Flußmetapher muß sich zu einer Richtungskorrektur bequemen.

Goethe, Betrachtungen im Sinne der Wanderer («Wanderjahre»):

Die zarte Empirie, «die sich den Gegenstand innigst identisch macht, und dadurch zur eigentlichen Theorie wird. Diese Steigerung des geistigen Vermögens aber gehört einer hochgebildeten Zeit an.»

Wir leben allerdings in hochgebildeter Zeit, ungeachtet, daß immer weniger ihrer Genossen es bemerken oder gar daraus ihren Nutzen ziehen. Die Zeit aber hält für uns ein gewaltiges Bewußtsein bereit, sie schwillt vor Bildung. Die dazu noch bis in die entlegensten Einzelheiten umstandslos zu erwerben, abrufbar und laufend ergänzbar ist. Was fehlt, ist eine Neubestimmung und Sicherung des Subjekts, da es nun retikulär wurde: ein Netzwesen, das nur Netz erkennen kann.

Die Klügsten einer Nation sind berauscht von der *folie commune*, meinte Fontenelle. Im Medium der allgemeinen Einverständnisse gewinnen sie ihren Spitzenintellekt. Die Kraft, etwas Überlegenes zu sagen, saugen sie aus dem nährenden Gerede aller. Von dem, was alle denken, entsteht ihr Höhenrausch. Consensus trance. Eines Tages aber reden die Leute nicht länger untereinander, sondern richten ihr Gerede zum Angriff aus gegen die, die sie als ihre Auszehrer entdecken.

Civitas Dei: Gemeinschaft aller Gläubigen, Seligen und Engel. Da die Gemeinschaft auf dem consensus beruht, ist sie in geistigen Dingen unfehlbar. (Mohammed: «Mein Volk kann niemals in einem Irrtum übereinstimmen.») Dasselbe setzt Augustin voraus; magischer Begriff des consensus. Den Zusammenschluß der Systeme, die Produktion von Übereinstimmungen (sowie eine Art Metakompatibilität), hat dann erst das Netz und seine Gemeinde zuwege gebracht. Wer hätte geglaubt, daß die Grundlagen der Angelokratie erst in der digitalen Technokratie zur Vollendung gelangen?

Es wird wiederkehren, so wie man Prunksäle in Loireschlössern nicht mit seinem Wohnzimmer vergleicht: das Ansehen der Sprache. Wie im Arabischen wird man nach Gebrauch und Stil Hoch und Nieder unterscheiden. Das Info-Deutsch und das gestaltenreiche Deutsch. Das Leicht-Deutsch aus Erkennungszeichen für die Masse der kommunikativ Sprechenden und das entfaltete für die, die ihr Hirn für anspruchsvollere Zusammenhänge fit halten müssen.

Es beginnt schon damit, Komplexität, *das* Leerwort unserer Tage, zu ersetzen durch Mannigfaltigkeit von Bewußtsein und Gedächtnis.

Wir alle führen vorgeschützte Reden, und auch die Intelligentesten sagen oft nur, was man am besten so sagt. In dieser Disziplin versammeln sich die meisten Schaukämpfer und Klopffechter.

Die Beschränktheit eines Menschen ermißt man präziser am geringen Umfang seiner Gemütsbewegung.

Der gedächtnisschenkende, topoivergebende, der huldigende Pound, und man sieht: Nur im klüftigen Gedächtnis finden sich die Spalten, die den Rauch aus tieferer Vergangenheit entlassen. Littérature profonde, die einer Kultur oder einiger Kulturen. Ein behütetes Gedächtnis verschenkt dergleichen nicht. Gesänge, Anrufungen heben eine Erinnerung, die dem Subjekt, das «sicher erinnert», immer unzugänglich sein wird.

Die Härte der Entscheidungen, der Blicke, der Vorstöße, der Pakte. Das Nein und das Ja. Das Meinungswesen duldet sie in Reinform nicht. Dort gründet alle Moral darauf, daß ein Nein sich bei einem Ja entschuldigt und daß ein Ja sich vor einem Nein verneigt. Dagegen die Härte des ästhetischen Gesetzes. Die Härte, in deutscher Sprache zu sein, wo sie hervorbringt und wo sie überbringt.

Wenn uns die römische Lage der Kunst etwas bedeutete, dann wäre weniger die Erfindung, die Neuerung als die Erinnerung, die Übernahme das Kriterium der Imagination. Zwei

Beschränkungen bedrohen dabei das künstlerische Vermögen: ein Superioritäts- und ein Inferioritätsproblem. Unterschätzung der eignen Zeit und Statur – im Sinne jenes «Wir sind Zwerge auf den Schultern von Riesen» des Bernhard von Chartres. Das heißt aber auch: Wir sehen von höherer Warte als selbst die Größten, auf denen wir fußen. Nun, man male sich eine Artistenpyramide von Zwergen aus: Wer wird oben auf dem Kleinwüchsigsten noch fußen können?

Kein Werk entsteht aus Unterordnungsdrang. Jedes neue bringt etwas nie Dagewesenes, besiegt durch Individualität den Schatten eines Größeren. Es gibt zu den verschiedensten Zeiten Autoren von hoher Beginnfähigkeit, die nicht nur ein Werk schaffen (gar nicht unbedingt ein größtes), sondern zugleich ein prototypisches, ein Matrix-Werk, das zahllose fruchtbare Folgen in der Literaturgeschichte zeitigt.

Es gibt immer eine Menge Vorlaufende und eine Menge Folgende. Dazwischen aber den einen, an den alle abgeben, Vorläufer wie Nachfolger, den Höchstmögenden.

Wie kann Sprache, das vielsagende Deutsch, noch einmal ein sinnliches Relief erhalten, Prägung, Attrait, Fluidum? Wie noch einmal eine magische Anziehung besitzen? Niemandes Verlangen erregt sie.

Von wieviel Schwäche müßte sie sich erholen, um noch

einmal eine schöpferische Angelegenheit einiger Redner und Künstler zu werden! Um mit den gegenwärtig so überlegenen Attraktionen des Bilds und der Malerei konkurrieren zu können. Geschieht nicht längst der mächtige Zusammenschluß von technischer und untersprachlicher Sprache, der die Metapher ausschließt, weil er zum Vorteil vieler das gleiche Verstehen, die gleiche Verständnisarmut zum Ziel hat.

Die wunderbaren Straßenzüge in Görlitz, Quedlinburg, Wernigerode, Naumburg, alle wiederhergestellt, nach der Wunde, nach der Wende! Doch wie sie nun ohne Leben und verlassen sind! Die Schönheit der Restauration – eine Ruine, von Menschen aufgegeben, die in die verunstalteten Innenstädte des Westens ziehen, um Arbeit zu finden. Ebenso würde auch unsere schön wiederhergestellte Sprache ein Auszugsgebiet sein, unbewohnt und ungenutzt, in ihrem dargebotenen Reichtum: eine ghost town.

«So pessimistisch wie Sie sehe ich das nicht.»

Als ginge es noch an, Pessimismus zu nennen, was nur tiefere Einfühlung ist in ein Aufgeben, das gibt ... ein Vergehen, das übergeht in Wohlklang und Schönheit. Nur eben bleibt eine Leere in Quedlinburg.

«Grabt in der Vergangenheit eines Schriftstellers, vor allem eines Dichters, prüft genau die Komponenten seiner geistigen Biographie, und ihr werdet stets irgendwelche reaktionären Prämissen finden ... Bedingung der Poesie ist das Gedächtnis, das Gewesene ihre Substanz.»

(Cioran, «Über das reaktionäre Denken»)

Feurig sind die Anachronisten, aber der Epochenschänder – der Zelot, Fanatiker, Gewaltherrscher – holt sein Feuer aus der Erde. Anachronismus heißt bei den Griechen noch: Verwirrung des Zeitempfindens, τῶν χρόνων σύγχυσις. Geistesverwirrung, Bestürzung, Aufruhr.

Es heißt, drei ihr Deutsch gut Sprechende lebten noch, sehr alt seien sie, und ihre Kinder und deren Kinder hätten es längst verlernt.

Daniel Heller-Roazen schreibt in «Echolalie»: «Das mangelnde Vertrauen einiger Sprecher in die eigene Sprache veranlaßte sie, ‹sprachlichen Selbstmord› zu begehen.»

Wie aber? Indem sie sich Hals über Kopf in die Tiefe des Galimathias stürzten?

Hervorgegangen aus deutschem Riß, der friedliche Schönheit durchblitzt wie ein Sprung die Porzellantasse, wie eine Jean-Paul-Metapher das ebenmäßige Abendrot, bleiben aber die Erzähler nur gerechtfertigt, wenn ihr Deutsch ebenfalls jener Riß durchzieht, den das Unheil hinterließ. Es ist unser innerstes Signum der Riß.

In Augenblicken der Wahrheit steht der Autor verlegen vor dem Angebertum der Sprache an sich, ihrem wesenseigenen Übertreiben, Dickauftragen und Sichbrüsten. Sie spart nicht mit Werbung für sich selbst und tut alles, um ihn davon zu überzeugen, daß mit Hilfe von gefällig Mitgeteiltem («Kommunikation») ganz ungeahnte Wirkung zu erzielen wäre. Doch wie käme er dazu, sich ihrem neueren Geschäftsmodell zu unterwerfen!? Wenn sie's nicht über sich bringt, ihm die unscheinbare Nuance zu gewähren, zu wahren jene *subtle-shining secrecies / Writ in the glossy margents of such books* (Shakespeare, «The Rape of Lucrece»), dann wird man sich eben einer diskreteren Zeichengebung bedienen.

Es ist wohl eine Illusion, daß dem «neuen Menschen», dem digital Vernetzten, ein entwickelteres Sensorium entstünde für dicht verwobene Beziehungen und Zusammenhänge, die jemandem, der sinnlich gleichsam auf «analoger» Stufe zurückblieb, niemals zugänglich sind. Im Gegenteil, ringsum die Komplexitätsvirtuosen sind mit den geringsten Abkürzungen und Andeutungen so schnell verständigt, daß Verstehen gar nicht aufkommen kann. Jener aber empfängt aus den alten Tönen neue verführerische Andeutungen. Ja, seine Sirenen, das sind die «alten Töne». Er hat versäumt, sich an den Mast seiner Tage, an dem er lange Zeit so lässig lehnte, rechtzeitig fesseln zu lassen.

Unsereins liest mit dem Scheitelauge, das sich von Licht ernährt und Schlaf ausscheidet. Er liest mit der Raffgier des Eignens. Er überspringt sogar das Verstehen, er kennt nur wildes Sich-an-Eignen.

Eingenickt vor den «engelhaft verriegelten Pforten» (Ceronetti) der Sprache, treibe ich lose wie ein zerknülltes Papier, das sich von zuckenden Winden in beliebige Richtung stoßen läßt. Jedem Anstoß aus den Lektüren gebe ich nach, vor allem, wenn er aus unabsehbaren Versen kommt.

Horche, doch höre nicht. «Ecoute, mais n'entends pas» (René Char).

Mit anderen Worten: Vergib dein offenes Ohr. Doch sondere, sortiere, vereinzelne nicht. Horche, aber bleib ohne Vernehmen.

Michael Landmann: «Tout finit par des chansons» (in: Jünger/Eliade, «Antaios», Bd. IV). Die schönste Meditation über Dichtung als Erlebnis von Vergangenem. Weiterleben von längst verfallenen Weltbildern. In der Dichtung erhalten sich Denkformen, die der «weiterreichende Erkenntnisprozeß» längst abgestreift hat. Das Zurückliegende ist das Hinterlegte. Poetischer Besitz.

In Michael Landmann, dem Essayisten, lohnt es sich, einen Außenseiter zu entdecken, einen intuitiven Denker zu Zeiten der machtvoll Grenzen setzenden marxistischen Hegemonie. Philososphielehrer an der Berliner FU, von Provokateuren bedrängt, beleidigt von Linksopportunisten wie Jakob Taubes, an einer der Bewegung geöffneten Universität. Der Vater, Julius Landmann, Ostjude von Herkunft, Nationalökonom, Schweizer Regierungsrat, Freund Borchardts *wie* Georges (!), endet mit Freitod. Die Mutter Edith, Vertraute Georges, geht zu einer Frau über. Michael Landmann lehrt vor drei Stundenten, veröffentlicht das wohlgeschriebene Werk, das sich nicht durchsetzt. Gedankenreichtum bietet er statt Theorie, doch zur Unzeit, er wird nicht genutzt. Sein Autorleben belegt die Ohnmacht, daß man nichts Kluges wirkungsvoll sagen kann, wenn man die jeweils herrschenden Diskurse meidet oder sie nicht zu überbieten weiß. Denn es gilt das tragische Moment, daß, was man verfehlt zu seiner Zeit, die Nachwelt als Schwäche ahndet. So Nietzsche, der nun gerade das Gegenbeispiel für sein eigenes Diktum abgibt. In diesem Sinne ähnlich das von Benjamin in den «Passagen» zitierte bittere Wort de Maistres: daß die ersten Urteile über einen Autor sich durch die weitere Literatur forterben.

Schreiben à fonds perdu – ohne Aussicht auf Gegenleistung, Rückerstattung des Aufwands an Existenz durch Mit- und Nachwelt. Die Zeilen ziehen davon auf Nimmerwiedersehen. Natürlich gibt es Werke und Gestalten, an die öffentlich oft genug erinnert wird: doch dies Erinnern holt nichts herbei. Es baut um seinen Gegenstand nur selten ein neues Kraftfeld des Aneignens auf.

Paul Valéry, «Fragmentarische Erinnerungen an ein Gedicht»: «... die Bedingung der Literatur in meinem Zeitalter» – unter Millionen Menschen kaum einer, der eine auch nur «mäßige Anstrengung machen würde, dem Kunstwerk eine Aufmerksamkeit von solcher Quantität oder Qualität» zu schenken, «daß es der Mühe wert wäre, die Worte zu wägen und sich um jene Konstruktionen und Zurichtungen zu kümmern und zu sorgen, ohne die ein Werk für seinen Autor *kein Instrument des Vollendens wird*».

Das schockierende Lernen reißt den aufwärts Hörenden, den mit zusammengepreßten Augen Hörenden aus allen Kostümen, die die Erfahrung ihm lieh. Heruntergerissen werden ihm vom angreifenden Lernen seine Kleider, in denen er stolz einherging, so daß seine Figur wieder ganz nackt, sein höriger Körper mager und magerer erscheint. Levitiertes Bündel Wißbegier, eingefallene Wange Gelehrsamkeit, nur noch Haut und Knochen vor zehrendem Verstehen.

Geschichte macht oft weniger, was einer wirklich vollbracht und geleistet hat; Geschichte macht zuvörderst sein Ruf. Das, wofür er schon zu Lebzeiten berüchtigt und berühmt war. Die Fama regiert das Gedenken. Da mögen sie später noch so viel aufklären, zurechtrücken und revidieren, die emsigen, ewig unzufriedenen Historiker – der legendäre Ruf wird am Ende sich immer gegen die vielen «wahren Versionen» durchsetzen. Einfach weil Aufklärung am Mythos scheitert und allenfalls immer neu revidierte Aufklärung erzeugt.

Der Gedächtnislose selbst – treibt er nicht auf den Fluten grenzenlosen Gedenkens?

Wir selbst wollen vergessen, doch die clouds behalten für uns.

Erinnerung ist die nächste «Hand», die linkisch wird, der Arbeit entwöhnt.

Im Fallen, tiefer und tiefer, von den Arkana der Sprache abwärts, erhebt man den hinlänglich sprachgewandten Kleinmeister zum «sprachgewaltigen» Autor. Als ob er vom Range eines Hamann wäre. Der sprach noch den Stil, der erschreckt.

«Stylus Atrox der poetischen Bilderschrift». Übte sich in der Sprache der Propheten. Stylus atrox, der wilde Stil, der gehemmt-heftige, mit himmernden Kommata. (Luther-Zitat: «da er nach dem ruhm wie ein muthiges geiles rosz himmerte» – also wieherte.)

Hamann nannte seine Schreibart *Emphasiologie*, Schreibart der Leidenschaft. Sein Stil: gewissermaßen die Nietstelle zwischen den zitternden Nerven der Menschheit und der Gelassenheit Gottes.

Anstelle von Kulturkritik das rohe Verfluchen wiedererlernen.

Es stellt sich nicht die Frage des Fluchwürdigen, sondern allein die nach des Fluchenden Kraft und Wirkung.

Die Ohren verschließend gegen die Brandung des Radebrechens, hör ich die Muttersprache als ein fernes Rauschen in der Muschel am Strand.

Er glaube an die Macht des Einbildbaren, welche von der Schrift – und nur von ihr – bezeugt, gehütet und vermehrt werde. Er sei von der wüsten Welt der Abbilder befreit, solange ihm nur jene Bilder zu Kopf stiegen, welche die Schrift hervorrief.

Eine Freude sei es ihm, jeden Morgen an Hunderten Bücherrücken vorbei die Treppe hinaufzusteigen und an seiner *Biblio-dizee* festzuhalten, der Rechtfertigung des allmächtigen Buchs wider die medialen Anfechtungen der Schrift. Eine Freude auch, die labbrigen Taschenbücher zu entfernen und sie nach und nach durch gebundene Ausgaben zu ersetzen sowie die längst Makulatur gewordenen Geistesmoden vom Marxismus bis zum Genderismus auszusondern und überhaupt gegen das Unansehnliche, das von allen Seiten so raumgreifend andrängt, täglich ein wohlgestaltes Zuhaussein abzugrenzen.

Die Illusion, aber auch die tatsächliche Gnade, angeschlossen zu sein an die Macht der alten Tage, an die Macht der großen Werke, die so viel Grauen überlebten, welches die jeweils jungen Tage mit sich bringen – von diesen Werken berührt zu sein, genügt ja, um sich aufzurichten gegen ein neues Grauen.

Dabei schützt uns keineswegs das selig Schöne, das sie jetzt besitzen. Vielmehr ist es die vermochte Verzweiflung, wodurch sie entstanden, die wir spüren und die uns eingemeindet.

Auch sind es nicht allein die paar Dutzend heroischen Kunstwerke der Menschheit, sondern es ist das unüberblickbare Heer der von ihnen inspirierten, angetriebenen Nachfolger und Kombattanten, die alle gemeinsam sich zum Feldzug sammeln gegen den Ansturm der jungen Tage. Auf keinen Krieger kann man verzichten.

Es gibt die ebenso unwegsame wie Unterschlupf bietende Dickicht-Prosa und eine Prosa, klar und ausgesteift wie eine schön gewölbte Wandelhalle. Jean Paul oder Fontane, zweimal herrliches Deutsch.

Des Gegenwartschriftstellers Hauptsorge gilt nach wie vor der eigenen Originalität, seiner Zeitgeistnähe. Dabei verkennt er oft, daß auch dort, wo er sich auf neuer Welle wähnt, ein unterschwelliger Überlieferungsstrom ihn sicher trägt. Folglich stünde es ihm gut an, sich hin und wieder auch seiner Überlieferungs*pflichten* zu besinnen. Etwa das herrschende Kurz- und Magerdeutsch wieder in ein gedehntes, gut genährtes Deutsch zu übersetzen. Oder mit den Luftgeistern der Sprache überzeitlich in Kontakt zu treten, Vernetzung durch die Zeiten herzustellen, ein Verfahren, das die Alten *hypoleptisch* nannten, wenn jemand an die Worte seines Vorredners anknüpfte. Man könnte auch von einer Ästhetik der Anhänglichkeit sprechen.

Dem Sich-Ausleben *online* bedeuten Einst und Anbindung wenig. Es wehrt ab «all diesen Abschaum alternder Stürme» (Saint-John Perse).

Der Fortführer wird allein bis ans Ende gegangen sein. Überwunden von Rankwerk. Überwachsen vom Dornbusch.

Der Gegenwartsnarr aber überhebt sich den Lehrern und Vorbildern.

> Ein Quidam sagt: «Ich bin von keiner Schule.
> Kein Meister lebt, mit dem ich buhle.
> Auch bin ich weit davon entfernt,
> daß ich von Toten was gelernt.»
> Das heißt, wenn ich ihn recht verstand:
> Ich bin ein Narr auf eigne Hand.
>
> Goethe, «Den Originalen»

In einer vom Gleichen und Sich-Angleichen beherrschten Gegenwart sind es letztlich nur ihre Vergangenheit und Überlieferung, worin Länder und Kulturen sich unterscheiden.

Mirabeau wollte 1786 eine Zeitung herausgeben mit dem Titel «Le Conservateur». Darin sollten vergessene Bücher, Menschen und Dinge behandelt werden (so Flaubert in seinen «Carnets»). Große Ideen, die auf der Strecke blieben, bringen sich auf solchen Blättern, dem Troß der neuen Realitäten hinterdrein, aufs schönste in Erinnerung. Oft rühren sie wie alte Gaukler, die ihren Ruhm überlebt haben und ihre unzeitgemäßen Spiele aufführen.

Wenn die Zeit der Wiederentdeckung von großen Autoren, die allgemein nicht mehr gelesen werden, über uns käme, so reichte vermutlich das nächste Säkulum, auch wenn man es ausschließlich lesend verbrächte, nicht aus, um sie alle bei sich zu versammeln.

Cristina Campo!

Diese Frau hat nur zwei schmächtige Bände hinterlassen, doch eine Form des poetischen Essays erfunden in einem Ton, den man vor ihr nie vernahm («Die Unverzeihlichen»). Immer wieder lese ich sie so ergeben, als würde sie mich mit einer strengen und sanften Hand zurückführen auf meinen Weg, da ich wieder einmal abkam von ihm. Es wird in Zukunft zu den ersten Bedürfnissen erwählter Leser gehören, vertrauensvoll aus dem Verborgenen angesprochen zu werden.

Die Kuppel – das von oben uns allesamt Fassende (Konrad Weiss) – die Kuppel der unendlichen Literatur: die Boulléesche Bibliothek. Aber was sehe ich von der wirklich unendlichen Bibliothek der digitalen Archive? Welches sinnliche Äquivalent anstelle der Kuppel? Eine hübsche Platte, ein Tablet. Einen Chip. Raub des Raums.

Ich weiß es ja, alles was ich schrieb, geht auf das Weiße unter dem Fingernagel.

Bitter genug, einen biographischen Abriß über Albrecht Schaeffer zu lesen, dessen Gedicht «Die Meerfahrt» mir seinerzeit ein Freund zu meiner Ithaka-Arbeit gab. Zwanzigtausend Verse «Parzival», zahllose Novellen, «Helianth», der zentrale Roman, am Ende ein Buch über den Mythos – und restlos vergessen, alles, der ganze Mann. Nur weil er ein Befürworter war – also ein Traditionsgebundener, ein Fortführer, und das ist in der ersten Hälfte des vorigen Jahrhunderts, im Zeitalter der Moderne, soviel wie an den Pfahl gebunden zu sein und das Martyrium des heiligen Anachronisten zu erleiden. Für solche Autoren ist kein Platz in der Literaturgeschichte der Innovationen und Avancements. Ob es je gelingen wird, über die persönliche Entdecker-Grille hinaus eine fundierte Achtung der Gegenmoderne zu wecken?

Ein Künstler, dem alles genommen wurde. Emigrant, Verelendeter, Vergessener schon zu Lebzeiten, der von Stipendien kümmerlich dahinvegetierte, bis ihn mit 65 Jahren in einer Münchener Straßenbahn der Schlag traf. Nur kurze Zeit in den zwanziger Jahren Anerkennung, Leserschaft, Wirkung. In New York mit Unterstützung seiner Frau unterhielt er ein Heim für Emigrantenkinder. Die Frau starb. Er kehrte nach Deutschland zurück. Jemand, der das Elend der Welt erlitt und dennoch ein großer, bis zuletzt ungebrochener Befürworter blieb.

«Pour mon enfant peureux quelle patrie sauvage!» – Oscar Vladislav de Lubicz Milosz, «Für mein scheues Kind welch rauhes Vaterland!», aus dem Gedicht: «Die Reisekutsche, die in der Nacht hält ...»

Über den französisch-litauischen Dichter Lubicz Milocz, einen Verwandten des heute berühmteren Czesław Miłosz, heißt es: Er starb als ein verkannter, vergessener Sonderling. Es ist dem großen dichterischen, niemals nachdichtenden Übersetzer Friedhelm Kemp zu verdanken, auch auf deutsch, wenn man sich antiquarisch bemüht, den betörenden Versen begegnen zu dürfen, die da und dort auch in meinen Büchern auftauchen. Ein Autor darf mit dem Geist des Lesers alles mögliche anstellen: Er darf ihn provozieren oder streicheln, benebeln oder ernüchtern – er darf ihn nur niemals in die Mulde der Schwermut ziehen. Den Rigoristen, den Exzentriker, den Ideologen, den Subversiven – sie versteht man, auch im Mißverstehen, allezeit. Wer hingegen den Ton der Träne trifft, singt für sich allein.

Die Aufgabe ist so leicht zu umreißen, wie sie schwer zu bewältigen ist: die Zeichnung des letzten Deutschen als Phänotyp. Er ist weder Chauvinist noch völkisch gesinnt. Ist hörig allein seiner Muttersprache. Er ist auch nicht der Einwanderer und Fremden wegen so letztlich. Sondern weil neben ihm, unter seinen Landsleuten, keiner ähnlich angebunden und angestammt lebt. Und weil er nie aus dem Deutschen herauswollte, sondern immer tiefer hinein.

Dem innezustehen fällt schwerer, seitdem es vom Motor einer anderen Sprache betrieben wird. Sich englisch oder französisch auszudrücken war einst der Modeschmuck eines höheren Sprachvermögens. Heute aber steigt die lingua franca wie alles von unten auf und vernebelt die Gipfel. Der Berg der Sprache wird gerade für so hoch eingeschätzt, als man selber sprechen kann.

Auch die Schia kennt in ihren Anfängen eine quietistische, mystische Richtung und, ihr entgegen, eine äußere und kämpferische. Der Innen / Außen-Konflikt hört nirgends auf.

Das weltabgewandte Wohnen in der Welt kennen alle Religionen. Deshalb sollte zurückschrecken, wer sein Deutschland oder sein Pirmasens als weltoffen anpreist. Nicht wenige, die er einlädt, stört bei *weltoffen* der theophobe Akzent.

Ein Volk besteht aus seinen lebenden Angehörigen. Eine Nation besteht aus ihren Lebenden und Toten. Rudolf Borchardt, «Zur deutschen Judenfrage».

Es gibt die mores sanguinis, deutsche Empfindungsgeschichte, darin viele Fenster, die sich nach aller Herren Länder öffnen.

Der Künstler in seiner Sphäre ist selten ein Liberaler. Er kommt im Grunde nicht ohne einen Begriff des (ihm) Feindlichen aus: das gegen seinen Stil gerichtete Kunstwerk eines anderen Stilbesitzers. Der Hauptgegner ist stets der erfolgreiche «Barbar» aus dem engeren Umkreis. In einer ästhetisch streitlosen, weitgehend indifferenten Zeit obsiegt der Betrieb und folgt den Riten der Tagesanbeter, Journalisten vom Blatt oder Netz.

Ohne eine feindliche Kultur zu entdecken und abzuwehren, scheint die eigene kaum jemandem gewärtig zu sein. Die feindliche suche man aber nicht zuvörderst in einer fremden, etwa der religiösen oder der sittlichen des Islam, sondern in der auftrumpfenden Banalität, den oberflächlichsten politischen Bekundungen, mit denen man die Identifikation der eigenen betreibt.

Politik ist ein Auge, das nicht zwinkern kann. Das Clin d'oeil der «vernünftigen Lösung» steckt in dieser selbst. Es bemerkt nur der Unpolitische.

Das einzelne digitale Foto kann es so wenig geben wie die einzelne Ameise.

Was man sieht, verdankt sich nicht nur dem Myriaden- oder Terabyte-Effekt, sondern das Foto trägt ihn in sich, es ist ein Element aus unabsehbarer digitaler Foto-Masse.

Dabei, so leicht es in Erscheinung tritt, so leicht kann es verschwinden von der Welt.

Dieselbe Technik, die die optische Verschmutzung unter die Menschen brachte, ermöglicht auch, den Erdball einer *photoklastischen* Reinigung, bildlichen Auslöschung, zu unterziehen und von allem bösen Abbildzauber zu befreien. Das Exempel, mit der Entbilderung der Welt zu beginnen, kann letztlich nur der religiös asketische Fanatismus statuieren. In diesem Fall könnte die eine Perversion, der sozialmediale Exhibitionismus, schnell das Opfer einer anderen, nämlich der Gewaltexerzitien der Keuschheit, werden.

Die große Reinigung war stets die Katastrophe des politischen, der Gewinn aber des ästhetischen Willens. Immer wieder war sie ein Desiderat in der bildenden Kunst. Berühmte Beispiele dafür im 20. Jahrhundert: die Abstrakten, die Monochromen, das Informel, minimal art etc.

Ein Buch ist dann betörend, wenn man, was dort bereits schön geschrieben steht, durch sich selbst hindurch noch einmal schreiben möchte. Der Fortschritt, die Neuerung, die Innovation geben den Künsten noch immer den stärksten Antrieb. Glücklicher wäre es heute, ein Künstler träte als Rhapsode hervor, der von den legendären Werken der Vergangenheit berichtet und sie wie Heldentaten besingt. Ein solcher Künstler, jedenfalls der hingebungsvollste, kann darauf verzichten, zu seiner Zeit gelebt zu haben.

Kung Hsien, führender chinesischer Malerpoet des 17. Jahrhunderts, bekannte sich, wie alle chinesischen Maler damals, zur Vergangenheit und gestand, er habe vierzig Jahre lang die Werke von Mi Yu-jen studiert.

Gregor von Tours im 6. Jahrhundert: «Der Geist hat seine Schneide verloren, wir verstehen die Alten kaum noch.» Eine Klage, die man aus allen Epochen kennt, die um Überlieferung rangen. Über den Spruch: Früher sei alles mehr und besser gewesen, zu spotten blieb den Einfaltspinseln des Fortschrittsglaubens vorbehalten.

Je feiner die Schattierungen, in denen sich die Dinge und Vorgänge tatsächlich abzeichnen, um so feiner schattiert sollte auch die Sprache sein, die ihnen gerecht zu werden sucht. Die faire Sprache für schwer vermarktbare Phänomene.

Tatsächlich wird die Sprache als Korpus und Angebot insgesamt immer differenzierter, vielstimmiger, reicher. Der einzelne Sprecher aber wird gegenüber der Fülle an neu zu Nennendem aus diversen Wissengebieten und Sachlagen immer unsicherer, ungenauer und sprach-inkompetenter.

Georg Simmel schreibt in seiner «Philosophie des Geldes», seit Goethe habe der Ausdrucksreichtum der deutschen Sprache stetig zugenommen. Sie habe sich in den folgenden hundert Jahren vielfältig bereichert und nuanciert. Dennoch wurde das Sprechen und Schreiben der einzelnen – man möchte für heute ergänzen: der in Kommunikation Durchgeschleiften – «immer inkorrekter, würdeloser und trivialer». Wie hätte er erst geurteilt angesichts der zum Stil erhobenen Behelfsmäßigkeit und der rüden Ungeschriebenheit des Schreibens auf den Displays?

Einer der befremdlichsten Anachronismen unserer Tage mag es wohl sein, daß die digitale Mitteilungschimäre auf krummen Wegen immer noch vorrangig die Schriftsprache benutzt, statt sich ausschließlich einer Tabelle von emoticons und anderer Bildzeichen zu bedienen. Ja, daß sie sogar dem großen herrlichen Deutsch immer wieder etwas abringt, ohne es freilich zu lieben oder zu schützen.

Auch das intelligente Gespräch in kleinem Kreis, findet es gepostet statt, erlaubt nicht, daß man unmittelbar auf eine Miene reagiert. Die Schriftlichkeit ist nur ein behelfsmäßiges Kommunikativum. Man schmückt sich hier und da mit einer geschickten Formulierung, meist überwiegen aber die schlampigen und fehlerhaft-wurschtigen Wendungen. Zweifellos würde man «in Gegenwart» einen so Sprechenden stumm mit verächtlichen Blicken zum Schweigen bringen. Das Gespräch, in dem man nur Argumente tauscht, besitzt keinen geselligen Charakter, keine sinnliche Spannung, keine Blickbeachtung, emoticons haben kein Gesicht. Wider den Mißbrauch der Schrift beim Chatten! Beim Quatschen läßt man ja auch von der Schrift! Einer schrieb: «Ich dachte mit dir ein geistiges Duell zu führen. Aber ich sehe, du bist unbewaffnet.» Immerhin. Das kann bestehen.

Vielleicht wächst mit unserer gänzlich expliziten, sich gänzlich aussprechenden Sprache gegenläufig wieder das Bedürfnis nach der Hieroglyphe als nach einer chiffrierten Sprache, einer Sprache der Geheimhaltung, da ja die Hieroglyphe Macht über die Dinge und Wesen besaß, die sie darstellte – worin die verschlossene poetische Chiffre ihr gewiß nicht nachsteht.

Schreiben ist gleichwohl die angemessene Art, eine Versponnenheit zwischen den Fragmenten des zergliederten Erlebens herzustellen. Versponnenheit, die aus dem Bedeuten von Schrift entsteht, aus dem allesverknüpfenden Netzwerk des Sinns, das keiner kontrollieren noch überblicken oder durchschauen noch ab- oder nachbilden kann. Wir wissen auch nie, in welchem Segment oder Abschnitt eines dichten und nie vollständig offenbaren Zusammenhangs wir uns gerade befinden, wenn wir schriftlich der universalen Versponnenheit des Sinns etwas hinzufügen. Es bleibt aber nichts unversponnen.

Das Gute ist: Neue Arkanbereiche entstehen im Zuge des forschenden Wissens.

Oberflächen trockenen Schlamms mit ihren vielen Rissen spiegeln noch immer die Wurzeln, die früher von Tiefe und Anfang zeugten und der hohen Pappeln Weltanschauung nährten.

Überdrüssig der Tiefe, versuchen die Wißbegierigen nun die weitläufigen und engen Geflechte der Fläche zu würdigen. Alles, was einmal Grund war, ist bloß der Eindruck, der so etwas wie «Grund» vermittelt. War einmal die Wurzel das Erste und Tiefste, so sieht man inzwischen: Ein wurzelübergreifendes Myzel erzieht die Wurzel. Der Anfang besteht aus voranfänglichen Schleiern, dem Ersten geht ein Proto-Erstes voraus.

Die Direktversteher vermissen das Symbol nicht. Sie kennen die besondere Lust an diesem Fortführer, dieser Geistesverführung nicht mehr. Die Freiheit und Vielweiberei des Begreifens, die es anstiftet. Folglich hat es schwer das Genre der poetischen Reflexion, das Erbe des «divinatorischen», des immer erwartungs- und ahndungsvollen Erwägens, das dem theorieversessenen, doch meist gering illuminierten Diskurs das ein oder andere Licht aufstecken könnte.

Wenn irgendwo, dann wäre in diesem Umkreis jener einzig begehrte Leser zu erwarten, der als der «erweiterte Autor» (Novalis) gelten darf.

Symbolon war urspünglich der zerbrochene Ring, von dem ein Paar, das getrennte Wege ging, je eine Hälfte mit sich nahm, als Erkennungszeichen, falls sie sich, einander fremd geworden, in der Fremde wiedersähen. Symbol heißt, was ungefügt verlassen und offen zur Fügung ist; was hälftig zur Ergänzung strebt. Ein Symbol besteht aus den Teilen du und ich.

Im Bann der Werke, gänzlich allein mit ihnen, bis man vor einseitiger unerwiderter Liebe kaum mehr japsen kann.

Immer übler erscheint das Streunende der Anteilnahme. Morgens Leskow, nachmittags Vermeer. Zwischendurch Hofmannsthal, abends Kubrick gestreamt. Dagegen die sture, zähe Treue, mit der man am Verfertigen von Eigenem hängt. Von allen Werken bleibt nur das eigne unkonsumierbar.

Die Welt ist insipide geworden! Debilwerden als Rasseschicksal. Wie stark und dunkel und stumm wachsen dagegen die Werke!

Wenn also simia Dei – wann äfft der Kerl, der uns den Ton einpfeift, endlich das Schweigen des Allmächtigen nach?

Ich insgesamt bin eine Korruptele (verderbte Textstelle), und einzig der himmlische Editor könnte mich durch eine gnadenvolle Konjektur ersetzen und wieder lesbar machen.

(Die Selbstherabwürdigung als literarischer Topos ist aus den chinesischen Einsiedler-Autobiographien bekannt: «Das Schwatzen über das Mysterium und das Plappern über das Dunkle haben meine Lippen träge und stumpf gemacht ...»)

Es gibt nichts von einer untergegangenen Welt zu berichten, das wahre Epos ist uns versagt; es war von Anfang bis heute, mein Lebtag, ein einziger Zug der Zeit: die Entwicklung.

Die Bemerkung, daß nun auch die Rose demokratisch würde, weil eine Sorte den Namen «Vanderbilt» trage, kann nur von Keyserling stammen. Als noch Welten untergingen.

Was sonst lohnte sich nun von Menschen zu zeigen als ihre immer noch schöne Gestalt und ihren zerrissenen Schleier. Die Veralteten. Welches wäre ihre «Welt von gestern»?

Auch meine eigene erotische Werkstatt – diese vielen geschliffenen Blicke, *glimpses*, Episoden und Splitter, mit all den Unbegreiflichkeiten, Unhandgreiflichkeiten, die ich darunter verstand, anzeigte und abhandelte – ist nun zur Werkstatt eines tüchtigen Technikers der vordigitalen Epoche geworden. Dabei habe ich in meiner Materie doch ein wenig digitalisch vorgefühlt, habe sie trennschärfer, hochaufgelöster betrachtet, empfunden und erfunden als andere im elektrisch-mechanischen Zeitalter der Liebe.

Nach Jahrzehnten schließlich hatte ich mir einzugestehen, daß ich nie Frauen liebte, sondern immer nur Schauspielerinnen, keine Körper, sondern ausnahmslos Verkörperungen.

In den Städten ging ich kreuz und quer. Überall unverkörperte Frauen. Ich will ein Aussehen sehen! Kann es denn sein, daß allein ein paar Dutzend Schauspielerinnen (und heutzutage ausschließlich im Film) noch wissen, wie sich eine Frau bewegt, noch ahnen lassen, wie Frauen aussehen, unter deren Füßen sich seit Troja die mythische Erde dreht?

Der Alltagssex, der einfach nicht alltäglich werden will – und deshalb einer immer vulgäreren Besprechung unterworfen wird, einer Sexolalie, die freilich keinerlei Zauberkraft besitzt, da sie im wesentlichen nicht abweicht vom Jargon weltweiter Primitiverotik.

Sex ist inzwischen ein Synonym für schlecht geschriebene Literatur. Schon das Wort! Der Einsilber! ... Schlimmer noch, es *besteht* oft genug aus schlecht geschriebener Literatur, was als *Sex* betrieben wird.

Das Hirn verarbeitet keine Außenweltreize online. Die Poesie ist wie das Hirn; niemals schuldet sie irgend etwas einem unmittelbaren Eindruck. Was man wie einen Hieb empfängt, hat sich aus innerem Vorrat gelöst und erhoben.

Dies geschieht, doch es dauert nicht, läßt sich nicht beabsichtigen und nicht beherbergen. So wie ehrliches Schweigen nur zufällig und unversehens zwischen zwei Sprechenden eintritt.

«Vergessen Sie nicht, das Hirn braucht nur 20 Watt, um zu funktionieren.»

Wie schön wäre es, sich einmal kräftig am Kopf zu kratzen,

und etwas Spruchreifes spränge behelmt wie Athene hervor! Warten wir, bis so zu sprechen spruchreif wird.

Das gewisse Etwas bekommt die Welt zurück mit dem Lächeln des Funktionierens.

Wie viel mehr würde ihm schiefgehen, wenn nicht allseits reibungslose Technik dem menschlichen Verstehen sich einprägte als vorbildliches Modell!

Dies hätte auch vor fünfzig Jahren so oder ähnlich geschrieben werden können ...

Ach? Dann hätte ich mein Lebtag lediglich die Nuance einer Abweichung hervorgebracht – nach all der Zeit und angesichts des bestürzenden Zeitgeschehens insgesamt?

Exiguum clinamen, geringfügige Abweichung, wie Epikur und Lukrez die Einwirkung des Zufalls im Rahmen des Determinismus nennen. Aber auch: Die geringe Abweichung macht den Stil.

Einmal wird es so sein, daß die Zeit ihre Genossen nicht hilflos zurückläßt, verwaist, schockiert von zu viel Bewußtsein. *Einmal* wird es dies Zeitalter geben, das birgt und umfängt und ausruhen läßt.

Der Kluge schütze seine Klugheit, indem er sich keine Voraussicht aufs Fürchterliche gestattet. Voraussicht nimmt teil an der Dummheit von Unvermeidlichem. Dieses verdickt und verschlickt jeden Gedankenfluß, trocknet ihn aus, bis er so hart wird wie kommendes Schicksal.

Es hat sich eine mittlere Begabung (eine mediale also) von Auguren-Intelligenz herausgebildet, mit deren Hilfe man die «Zeichen der Zeit» aus der Zeit selber deutet statt aus den Sternen oder dem Vogelflug; Deutungskunst für die Armen im Geist. Jeder kann das, aber sie behindert, wenn nicht gar: mißbilligt die inspiriertere Betrachtung. Behindert Betrachten und Betrachtung als ästhetische Handlung überhaupt. Denn wem gelänge es wohl, tatsächlich zu *betrachten*, was er auf dem Bildschirm sieht?

Orphische Intelligenz berührt das Unvordenkliche.

Kritische Intelligenz begnügt sich mit dem allzeit Bedenklichen.

Doch gibt es noch immer mehr Betörendes als Erklärliches auf der Welt.

Die Schleier werden nicht weniger, sie zerreißen nicht, die meisten fallen auf uns herab wie leichte Matten von Schnee; unter Schleiern begraben verstummt das Gescheite.

Altes Pathos ist besser als neues. Altes Gebet tröstlicher als eines in «gerechter Sprache». Noch gibt es den Herzschlag, der sich besser «rückversichert» bei einem Mörike-Gedicht als bei einem Rapsong.

Der Surrealismus war der letzte würdige Versuch, die Vernunft zu zerstören. Das war sein erklärtes Ziel, und es führte zu starken Kunstwerken.

Heute sind mangels erklärter Ziele Kritik, Vernunft und Verrücktheit untereinander assimilierbar, nicht gegeneinander gerichtet. Da die Sprache nach keiner Seite hin noch bedeutenden Widerstand leistet, kommt es in den Berührungszonen zwischen Wissenschaft und Moral zum Hybridjargon der Rationalität, der sich als das flexibelste, anpassungsfähigste, auch beruhigendste Medium erwies. Hier kann noch vom Ungeheuerlichsten, wie der gentechnischen Bricolage, in der Sprache der Kommunikation gesprochen werden, welche eine Sprache des Sich-Verständigens um jeden Preis ist, zur Vermeidung offener Feindschaft und Kampfbereitschaft.

Es wäre Aufgabe des Schriftstellers, den inneren Aufbau und den Wirkungsradius von Unerträglichkeit in verschiedenen Lebensbereichen so minutiös wie irgend möglich zu beschreiben. Nanomoralia.

Moralische Betrachtungen hingegen, heutigen Menschen gewidmet, kämen Bewertungen von Reisekutschen durch die Stiftung Warentest gleich. Man muß neben ihnen stehen und etwas in verschriener Sprache schreien. (In dem, was schon verschrien ist, nochmals schreien.) Die Grundhaltung ist: Man wundert sich nicht, und man ist nicht mehr verwundert.

Man gibt sich auf weltkluge Art ideologisch ernüchtert. Doch oft hat derselbe kritische Geist Phasen des frenetischen Irrtums erlebt, und zwar eines solchen, den er selbst nicht zu durchschauen vermochte, solange breite Mehrheiten davon befallen waren wie die Seher von der Mania. Ekstasen der

Blindheit sind aber offenbar unverzichtbar, damit sich das Sehen daraufhin neu ausrichten und schärfen kann.

Die revidierte Ideologie ersetzt das Prinzip Hoffnung durch das Prinzip Toleranz, das ein erbittertes «Es-nicht-wahrhaben-Wollen» verteidigt: etwa das Maß an üblen Folgen, welche das verklärende Prinzip für die Alltagswirklichkeit mit sich bringt.

E-Manzipierte, die den Pakt, den Handschlag lösten, suchen fortwährend neue Ent-pflichtungen. Das letzte Ziel der weitgehend im Selbstbezug, ohne äußere Notwendigkeit, voranschreitenden Befreiungen ist niemandem bekannt. Immer wird man finden, daß das Erreichte wiederum nicht ausreicht. Und immer häufiger wird der Post-Kafka-Bürger vor einem nachgebenden Gesetz stehen, das am eigenen normativen Wesen zweifelt.

Warum gibt es keine Verbindung (Nährstränge) von den Klugen zu den Dummen?

Weil die Dummen emanzipiert sind, die Klugen aber nicht.

Die Weisheit des Tyrannen und mit welch moralischer Würde der große Herrscher spricht, wo ließe sich das besser studieren als in dem stillen Phantasma, dem ereignislosen, der «Citadelle» («Die Stadt in der Wüste») von Saint-Exupéry?

Tiefes Bild dort: die «Verbrecherin», in der Wüste an einen Pfahl gefesselt, «der Unendlichkeit zur Schau gestellt». Doch ihre Klage gilt allein der verlorenen Häuslichkeit, dem Kind, das sie zum Einschlafen bringt, dem ruhigen Schritt des Gatten, der vermißten Gewohnheit, die Wolle zu kämmen.

Wir, halsstarrig modern, modern wider besseres Zeitgefühl, tieferes Wissen; unzeitgemäß und trotzig modern, wir, religiös unmusikalisch, so hat man es uns eingeredet, obwohl jeder Musiklehrer beteuert, daß es keinen unmusikalischen Menschen gibt auf der Welt, um wieviel weniger kann es da einen religiös unmusikalischen geben! Aber die ewig-gestrig Modernen können es nicht verstehen, verstehen nur das Verständliche – und ab und an geht ihr Verstand mit ihnen durch wie ein scheuendes Pferd.

Man kann ein vom Glauben durchdrungener Mensch sein, ohne einen Funken Religion zu besitzen. Man kann den heiligen Schauder, das Tremendum am ganzen Leibe spüren, ohne je ein Schrift-Wort oder ein dunkles Zeichen empfangen zu haben. Das gehört zur Geschichte der Diffusion der Großen Dinge. Ihre Zerstreuung, Ausschüttung der Gefäße in die Fassungslosigkeit der staunenden oder erschrockenen Seele. Und was ausgegossen sich verteilt, treibt auf vielen Feldern Talente zu neuer Frucht, die aus eigener Kraft die Zeit nicht hervorgebracht hätte.

Schließt die Akten über dem Fortschritt in der Kunst! Vielleicht möchte jemand auch nach «Mrs Dalloway» noch einmal aufwehen lassen den epischen Feinstaub eines Vormittags?

Schließt die Akten über dem avancement! Studiert die Falten, Fiorituren und Spekulationen einer angehaltenen Stunde. Wenn die Erwartung (einer festlichen Einladung) solche *Zeitschwere* annimmt, daß sie die Menschen, die kommen werden, schon in die Erinnerung hinüberzieht. Die vielmals gefaltete Strecke der Zeit läßt Vor und Zurück, Früh und Spät nah beieinander sein. Was könnte, was sollte als kleinste epische Einheit gelten, wo doch der Augenblick zu einem Maß von informationstechnischer Gewöhnlichkeit geworden ist? (Nun darf ich zum Augenblicke sagen: abgespeichert! Eingefangen und bereit zur ewigen Wiederkehr, zur unabnutzbaren Verwendung.)

Die allgemeine Unansprechbarkeit durch Sprache zeigt sich erschreckend, sobald einer mehr Deutsch spricht, als die Kommunikation verträgt. Von Sprache Inspiriertes, das keine Zunge übernehmen will, weil es sich mit niemandem teilen läßt. Hier gilt wieder einmal die Variante zu Hölderlin: Sprache (bei ihm: Göttliches) trifft Unteilnehmende nicht.

Der Teilnehmende hingegen weiß: Nur in äußerster Sprache empfängt er den glücklichen Wink. Etwas berührt uns, das abgerichtete Intelligenz nicht bemerkt. Wir geraten in Verlegenheit; und dann vor Verlegenheit in Ausgelassenheit, vor Demut in Übermut – etwas in uns jubihumiliert.

Was unmöglich ist: ein Einzelgänger im Supermarkt zu sein. Im Alltagskonsum geht niemand seinen eigenen Weg. Dafür aber könnte er's um so entschiedener bei den Angeboten des Geistes und der Künste. Hier ist niemand auf die drei Hersteller von gleichen Übermenschen angewiesen, die sich auf dem Markt durchsetzen konnten.

Die Gesichter sind noch immer bis ins Unendliche verschieden. Der Geschmack ist es nicht. Er wird an den abgeschmackten Dingen des täglichen Bedarfs trivial und kann sich nur auf sehr affektierte Weise «individuell» gebärden.

Wir lesen die Skeptiker nicht, weil sie mit ihren Aussagen so schön recht haben, sondern weil sie den besseren Stil schreiben. Und weil sie uns von der großen menschlichen Kraft der Negation überzeugen, dank deren uns das Denken von den Dingen befreit.

Der alberne Lobspruch des «Meisterlichen» begegnet gerade in traditionsferner Zeit im Übermaß, weil die Epigonen-Moderne zur Moderne hin einen gewissen Überlieferungskanon kennt und mit einigem handwerklichen Können auch anwendet.

Was aber wäre (außer dem baren Stümper) das Gegenteil zum hohlen Meister?

Wahrscheinlich immer noch: der Sucher, der Abtrünnige der Konventionen. Lieber ein Knecht des Unfaßlichen sein als ein Meister des Vorgefaßten.

Das Paradox des intimen Textes ist seine Verwandlung in ein undurchsichtiges Textil, das des Autors Blöße bedeckt.

Der Mangel an Instinkt für Unsagbares kann den besten Satz ruinieren.

Wo kein Sinn für das Unerschließbare, werden unzählig die sinnlosen Schlüsse gezogen.

Was, wenn nicht das Unfaßliche, verdiente das Hüten der Sprache?

Der Korb, in dem das Verkünder-Kind flußabwärts treibt, der Korb, in dem der von Sprache geschlagene Stammler ausgesetzt wurde ...

Nicht daß nur eines der ihm aufgegebenen Rätsel gelöst wäre, bevor nun der Mensch zum Ähnlichen seiner selbst sich wandelt und ihm jeder Sinn vergeht für unergründliche Dinge.

Wir ruhen bloß aus, sagen die nicht mehr überholbaren Teile eines veralteten Fräsewerks. Fiebrig und verbraucht, mit rosiger, kranker Metallhaut, sind sie schon viel zu verwirrt, um zu erkennen, daß sie auf Nimmerwiederdrehen ausruhen werden.

Bereits die Metapher scheint von gestern, wenn das Wort *Maschine* in Texten auftaucht, die aus der Ära des «Internets der Dinge» stammen. Auch der *Bewußtseinsstrom* gehört einer vergangenen Epoche der Vergleiche an. Wie uns fortschreitendes Wissen von eingeschlafenen Metaphern wegbringt: Tatsächlich gibt es keinen Bewußtseins*strom*. Ein diffizil auf Hemmung und Enthemmung abgestelltes neuronales Geschehen kann man schlecht einem fließenden Gewässer vergleichen. Wir sind bis auf weiteres gefesselt an die Grundmetapher des Netzwerks. Doch halten wir, weil sie so allgegenwärtig ist, begierig Ausschau nach einer kommenden.

Ob je wieder das Netz oder Netzwerk als Epochenemblem von einem anderen abgelöst wird?

Das Abwechslungsreich blieb unerobert bisher in der Geschichte. Man darf also auf die *vicissitudo rerum* vertrauen: die Lust einer Zeit auf die nächste.

Das Gras wachsen zu hören ist bekanntlich ein eigener Erwerbszweig. In der Aussicht und Voraussicht ist vielerlei wohlfeil zu schauen; für die Rückschau indessen mangelt es an technisch verbesserten Bedingungen.

Wir leben zwar in der getürktesten aller Welten, doch fehlt es an Fortschritten hin zu einem virtuellen Erleben der eignen Lebenszeit. Die Karten würden auf der Stelle neu gemischt, sobald Entrückungen mnemochemisch aktivierbar würden.

Das zum Hier und Heute Festgestellte ist selten fest genug. Es zeigt die ersten Spuren des Hinfälligen meist schon im Formuliergestus. Heideggers Diktum zur Langeweile «unseres heutigen Daseins» («Die Grundbegriffe der Metaphysik») wirkt in einem fortgeschrittenen Heute passé, da kein Lebensgefühl, keine Mode mehr diesen von der Aristokratie ererbten Stimmungswert ‹Langeweile› verbreitet. Nicht etwa, weil man sie mit einer «zappelnden» (ebd.) Version überdeckt hält. Es ist im Gegenteil gar nichts Verdrängendes im Spiel, sondern der verlorene Sinn für Langweile hat zu deren Verschwinden geführt. Ebenso wenig läßt sich noch von der «Großen Leere» sprechen (Benn). Beide sind als Pathosfloskeln Abkömmlinge einer metaphysischen Empfindungsweise, die von Schopenhauer und Kierkegaard in die erste Hälfte des 20. Jahrhunderts überkam. Leere und Langeweile sind als metaphysische Berührung dem verspielten Individuum unbekannt. Seine Frage richtet sich immer an das unbefragte «Jetzt», und damit an die Zukunft.

Was wird in einem Zeitalter empfunden werden, in dem sich die «Kommunikation» erschöpft haben wird?

Die Narretei des Narrativs – das Narrativ des Flüchtlingsdramas. Entweder Erzählung oder Drama. Oder aber postdramatische Flüchtlingsperformance. Um im Jargon zu bleiben.

Die «Erzählung» des Natodoppelbeschlusses findet ihre schiefe Parallele in der Hyperbel, dieser oder jener Trainer habe Fußballgeschichte geschrieben. Es könnte allenfalls über ihn geschrieben werden in einer Geschichte des Fußballs, die nicht er verfaßt. Dieser Aktiv/Passiv-Schwindel entspricht jenem Genre-Schwindel.

Die *Erzählung* ist inzwischen ein Begriff der Geschichtsschreiber und Sozialwissenschaftler, von denen nachweislich kaum einer erzählen kann. Das *Erzählen* also gehört nun den Diskursverwaltern. Demnach hätte Stifter uns nie etwas erzählt, sondern lediglich «Wahrscheinlichkeit implementiert».

Starke Revolutionen, die nicht erinnernd auf etwas zurückgreifen, gibt es eigentlich nur in Naturwissenschaft und Fertigungstechnik, und meist sind es dort eher Evolutionen. Jakobiner und Faschisten griffen auf die Römer, die Kommunisten auf primordiale Gemeinschaft, Romantiker auf das Stauferreich zurück – und maskierten sich, zumindest ihr Gemüt. Unsere liberale Epoche hat das geschichtliche Verkennen verlernt. Und damit das Konstruieren von Identifikationen und Vorbildern, die ein suggestives, manchmal berauschend irrtümliches Selbstverständnis begünstigen. Wir Durchschauende unterschätzen den Schaden, den das emphatische Subjekt nimmt infolge mangelnder Phantasmen und Fiktionsbildung sowie der Unfähigkeit, sich zu vergleichen, der Unfähigkeit zu Maske und Mimesis.

Täglich mitansehen müssen die Grausamkeiten des Tages weltweit? Nur um sie *sehenden Auges* geschehen zu lassen. Dies unablässige Geschehenlassen bleibt nicht ohne Folgen für Traum und Herz, für Gewissen und Moral eines Menschen.

Es ist schon Persönlichkeitsminderung genug, daß man geschehen *läßt*, was eben geschieht. Diese Moral des Hinnehmens, der kritischen Indolenz mit dem sonderbaren Unterton des kausativen Veranlassens oder Gewährens: Ich habe soeben geschehen *lassen* eine Katastrophe, eine unmenschliche Handlung. Aber kurz darauf der helle Übereifer, dieser beflissene Kommentier- und Deutungs- und Empörungsdrang – wozu? Wir lernen vom jähen Geschehen, daß wir Unordnung nie tief genug begreifen werden. Sie widersetzt sich bis zu einem gewissen Grad den kognitiven Voraussetzungen, unter denen wir, uns Wirklichkeit herstellend, sie erkennen können. Unordnung ist etwas vom Unbegreiflichen, das sich dem (stets an irgend etwas) Glaubenden in radikaler Profanität offenbart.

Jedwedes von allen Seiten betrachten und hohe Trefferquoten beim Relativieren erzielen, um nur ja den Volltreffer, das Einfachste, zu vermeiden. Es nimmt aber zu von nah und fern das zum Schrecklichen Vereinfachte, und der Schrecken selbst ist einfach und nicht differenzierbar. Immer wieder wird er dem friedlichen Alltag dazwischenfahren und die «komplexen Verhältnisse» zerreißen. Das Entsetzen kann niemand erwägen im voraus. Es ist nur im Ereignis offenbar und ist Endpunkt, der glühende, ist die letzte aller Minderungen.

Die Menschen in post-panischer Zeit werden einmal nicht mehr erschreckbar sein.

Obgleich sprachlich miteinander verwandt, werden die Nicht-Erschreckbaren wenig mit den früheren Unerschrockenen gemein haben, die sich durch Tapferkeit und Wagemut auszeichneten und deren Nerven abgehärtet waren. Jene Neueren hingegen wird abgestumpft haben das alltägliche Grauen, die Schrecken der Erde, die ihnen aus nah und fern zusetzen, bis sie nichts Schreckliches mehr spüren, so daß zuletzt auch einer vorm anderen nie mehr erschrickt.

Und noch einmal der alte Spruch: Mundum tradidit disputationi eorum. Die Welt aber überließ Er ihrer Debatte (Ecc. 3,11).

Die Nichterschreckbarkeit der Menschen im Schutzraum ihrer Debatte. Die Menschenwürde des Disputierens bestreitet die Menschenwürde der Furcht. Das Unausgesprochene entflieht uns.

Das persönliche Alter besteht zweiteilig aus einem biologischen und einem gefühlten, beide lassen sich manipulieren, und eine verbindliche, präzise Altersangabe ist zu keinem Zeitpunkt möglich. Aber auch ein Zeitalter irrt sich in seinem Alter. Das unsere gerät mit jeder Neuerung in einen Verjüngungsjubel – Innovation! – und täuscht sich über seine Altersgebrechen. Alte gepuderte Lady, die längst alles künstlich ersetzen muß, was ihr an natürlichen Gaben verlorenging. Den Anteil Neuerung, den Anteil Alter im Schicksal unserer Tage unterscheidet zum Beispiel der Modus, in dem sich unter verchatteten Menschen ein Vater im Netz prostituiert: «Gestern, kurz nachdem ich mich eingeloggt hatte, erhielt ich den letzten Tweet von Henrike, bevor sie sich unter den Zug warf.»

Wer anders tut, als abgründig alt zu sein, lebt nicht in dieser Welt.

Wer meint, hinter seiner persönlichen Jugend oder gar hinter modischer Jugendlichkeit das hohe Alter des zivilisierten Typus, den er verkörpert, verbergen zu können, ist eine besondere Art von Stutzer.

Lange Zeit konnte man das Erreichte nur in der Projektion auf ein Unerreichliches hin ordnen. Inzwischen wird das Erreichte stets nur überboten. Mit anderen Worten: Das Unerreichliche verschwindet als ideelles (= sittliches) Kriterium, wenn auf einer nach oben offenen Leistungsskala das Erreichte ansteigend höher markiert wird.

Die Vorstellung von einem letzten Faust, einem Höchstmögenden des menschlichen Scheiterns, schwindet in dem Maß, in welchem der digitalische Typus für seinen Ehrgeiz lediglich einen weiteren Abbau an Transzendenz für nötig hält. Über die immanenten Fortschreibungsprogramme führt nichts hinaus. Im Gegensatz zu den Geistesgewaltigen des ausgehenden 19. Jahrhunderts sieht heute niemand ein anderes Zeitalter heraufziehen. Die technischen Visionen kennen keine Überwindung ihrer selbst. Sie rechnen allesamt auf eine statische Fortschreibungsewigkeit.

Der Weltbildretuscheur – da und dort nimmt er vom Vielgesagten etwas weg. Es kann doch das Universum nicht nur aus Mitteilung bestehen? Da gab's doch immer auch Zurückbehaltenes, gab's gewisse Inkommunikabilien ... Was ist daraus geworden?

Odins letzte Worte, die er dem toten Sohn Balder ins Ohr flüsterte, waren für Mit- und Nachwelt das Unwißbare schlechthin.

Das Finale zieht uns stärker in Bann als das Eternale, das Ewige, die Geschehenslosigkeit. Das singuläre Ereignis läßt sich in der Vorstellung leichter unterbringen als der *steady state*.

Vielleicht sollte, wie der Physiker, was die Welt zusammenhält, im Unsichtbaren untersucht, der Historiker, was die Welt bewegt, der Geschehenslosigkeit entlocken.

Wie der Asketismus im 4. und 5. nachchristlichen Jahrhundert nicht nur Gottesdienst war, sondern auch von einer feierlich inbrünstigen Negation des irdischen Lebens erfüllt, einem «Willen zum Aussterben» (Jakob Burckhardt), weil man nicht am Fortbestand der sündigen Menschheit interessiert sein konnte – Askese als ein eschatologisches Doping, schneller ans Ende –, so kehrt uns auch dieses sakrale Relikt wieder, der Wille zum Aussterben, stumm und unpropagiert, demographisch und ohne jede Askese-Transzendenz.

Man gewöhnt sich klaglos an alle Einbußen, die der Fortschritt mit sich bringt – mit Wut aber reagiert man auf jede Regung, die im Sinne welchen Fortschritts auch immer als Rückschritt verstanden wird.

«Freilich kommt Elias zuerst und stellt alles wieder her» (Mk 9,12).

Wir werden rückgängig machen, wir werden wiederherstellen, wir werden heilen – die zoroastrisch-jüdisch-christliche Idee von der *Apokatastasis* würde, in eine politische oder kulturelle umgemünzt, zum ärgsten Fluch. Verheißung in Form der Utopie verträgt sich durchaus mit einer liberalen Gesellschaftsform. Die Verheißung einer restitutio in integrum indessen ist ohne Zusammenbruch der Fortschrittsherrschaft nicht denkbar.

Mein Weg war der der konsternierten Nachfrage ... Wie denn? Wie ist's nur möglich?

Welch anderes *System* aber hätte es mir erlaubt, fast mein ganzes Leben systemwidrig zu verbringen?

Was du erlebt hast *live*, wurde überschattet von viel mehr, das du erlebt hast nicht-*live*. Du kamst ja nur an wenig nah heran. Das meiste blieb in der Vermittlung hängen, wurde nur medial aktiv.

Wäre es nicht aller Versuche wert, die Mauer des Medialen, die du in dir gegen die wahrhaft bestürzende Welt errichtet hast, mit Hilfe einiger poetischer Sprengkaspeln zu durchlöchern? Die Unterscheidung zwischen live und medial, zwischen vermittelt und unmittelbar verschwinden zu lassen in der sinnlichen Metapher?

Der Schluß gehört dem Türmer und nicht dem gnostischen Weltverächter. «Es war doch so schön», heißt der Roman, der ungeschriebene, vielleicht unschreibbare, in dem Aussicht alles ist. Nur das Lied konnte es sagen – und Goethe allein. Man schüttelt den Kopf über die kleinen Epochen des Aufstands gegen die Größe, über die Intermezzi der Strolche in der Kunst.

Aus einem dichten und märchenhaften Erzählgespinst, aus scheinbar unbeendbaren Wandlungen einer Geschichte (die unvermeidlich zu einer eigenen Verwandlungsgeschichte heranwuchs) traten ab und zu einzelne, völlig erschöpfte und voneinander isolierte Figuren in ihrer ganzen Sonderbarkeit hervor, tauchten auf, nur um ein wenig auszuruhen vom rastlosen Wechsel. Tatsächlich ging mit der Zeit etwas Beruhigendes davon aus, daß diese Personen, wie es schien, in ihrem Erdenwandel den Großteil an Handlungsnot, Handlungsbedarf,

Handlungslust etc. hinter sich hatten; daß sie nicht mehr handeln mußten. Daß ihnen nun nichts als Stetigkeit und Verweilen in Geduld zugemessen war. Ein Zeitgefühl, das sich unwillkürlich auch auf uns, die Leser, wohltuend übertrug. Ausruhen, Rast, Erholung. «Dort werden wir ausruhen», heißt es am Schluß des «Onkel Wanja».

Und die glücklichste Vision gilt auf einmal einer zur Ruhe gekommenen Welt.

Herder in seinen «Ideen zur Philosophie der Geschichte der Menschheit» meint, daß die Erde «nur ein Übungsplatz, eine Vorbereitungsstäte» sei, «die verschlossene Knospe der wahren Gestalt der Menschheit». Sie wird «unter dem Strahl einer schönern Sonne Blüte werden».

Das Bild von der «schönern Sonne» richtet sich selbst – und damit alle Utopie, die die falsche Metapher wählt. Wie wohl sollte eine *schönere* Sonne beschaffen sein?

2. Auflage April 2018

Einbandgestaltung Frank Ortmann, Potsdam
Innentypografie und Satz Daniel Sauthoff
Satz Dante MT PostScript (InDesign)
Druck und Bindung CPI books GmbH,
Leck, Germany
ISBN 978 3 498 06553 9